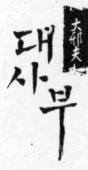

임영기 新무협 판타지 소설
FANTASTIC ORIENTAL HEROES

대사부 13

임영기 新무협 판타지 소설

초판 1쇄 찍은 날 § 2010년 11월 1일
초판 1쇄 펴낸 날 § 2010년 11월 8일

지은이 § 임영기
펴낸이 § 서경석

편집팀장 § 서지현
편집 § 주소영

펴낸곳 § 도서출판 청어람
등록번호 § 제1081-1-89호
등록일자 § 1999. 5. 31
어람번호 § 제2-1998호

주소 § 경기도 부천시 원미구 심곡2동 163-2 서경B/D 3F (우) 420-822
전화 § 032-656-4452 팩스 § 032-656-4453
http://www.chungeoram.com
E-mail § chungeoram@chungeoram.com

© 임영기, 2009

ISBN 978-89-251-2336-3 04810
ISBN 978-89-251-2031-7 (세트)

※ 파본은 구입하신 서점에서 교환하여 드립니다.
※ 저자와 협의하여 인지를 붙이지 않습니다.
※ 이 책은 도서출판 청어람과 저작자의 계약에 의해 출판된 것이므로,
   무단 전재 및 유포·공유를 금합니다.

대사부
大邪夫

FANTASTIC ORIENTAL HEROES
임영기 新무협 판타지 소설

음전대(吟戰隊)

目次

제137장	천상황(天上皇) 등극	7
제138장	통박당(通博堂)	35
제139장	포섭 계획	57
제140장	새장 속의 새	85
제141장	감찰어사(監察御使)	109
제142장	위기의 천라대 북경 지부	133
제143장	항세검(降世劍)	157
제144장	사랑을 위하여	187
제145장	되찾은 사랑	219
제146장	은거(隱居)	247
제147장	배신(背信)	271

第百三十七章

천상황(天上皇) 등극

대사부

울제국의 초대 황제 율가륵이 죽은 직후 태자 이반이 울제국 제이대 황제에 즉위했다.
 그는 황위에 오르자마자 스스로를 천상황(天上皇)이라고 칭했다.
 예전 대륙의 황제들은 하늘의 아들 천자(天子)라고 불렸는데, 이반은 자신이 하늘 위에 군림한다고 만천하에 공표한 것이다.
 이반이 황제에 즉위한 일은 하나의 소문에 의해서 묻혀 버렸다. 그것은 바로 천검신문 태문주가 전대 울황제인 율가륵을 죽였다는 소문 때문이다.

천하는 환호했다. 마치 머지않아서 울제국이 멸망하고 대명제국이 부활할 것처럼 떠들썩했다.

그러나 기쁨은 길지 않았다. 또한 그것이 새로운 악몽의 시작이라는 사실을 깨닫게 되기까지는 그리 오랜 시간이 걸리지 않았다.

울제국 제이대 황제 이반, 즉 천상황은 그 누구도 예상하지 못했던 폭정을 개시한 것이다.

그의 폭정은 크게 세 가지로 분류할 수 있다.

첫째, 가렴잡세(苛斂雜稅). 즉, 백성들에게 지나치게 과중한 세금을 부과한 것이다.

천상황 이반은 즉위하자마자 예전 율가륵의 통치 시절과는 비교도 할 수 없을 정도로 백성들로부터 세금을 거둬들이기 시작했다.

부자나 가난뱅이를 막론하고 식구 수대로 세금을 매긴 인두세(人頭稅)가 그 대표적이다.

어느 집에 아기가 태어나면 그 즉시 한 명 분의 인두세가 매겨지는 식이다.

수입의 절반을 무조건 세금으로 내야 하는 것도 백성의 원성을 샀다.

혼례를 올리면 혼례세가 붙고, 장례를 치르면 장례세, 다른 지역으로 이동할 때는 통과세를 내야 하고, 배를 타면 선세(船稅), 말을 타면 마세(馬稅), 심지어는 키우는 가축에게까지 세금을 물렸다.

 세금을 내지 못하면 재산을 몰수했으며, 재산이 없으면 남정네들을 노역으로 끌고 갔고, 남자가 없으면 여자들을 끌고 가서 노예로 팔아넘겼다.

 그런 짓은 이민족이 통치를 하니까 가능하지, 같은 민족이 통치를 한다면 절대 있을 수 없는 일이다.

 둘째, 강제징병(强制徵兵). 십오 세부터 사십 세에 이르는 남자들을 키 오 척 이상에 사지육신이 멀쩡한 상태면 무차별적으로 끌고 가서 군사로 만들었다.

 천상황 이반 즉위 이후 불과 한 달 사이에 그렇게 해서 끌어모은 군사가 무려 백오십만에 이르렀다.

 강제 징병 기간이 한 달이라는 점을 감안한다면 앞으로 그보다 몇 배 더 많은 군사를 모으게 될지 모르는 일이다.

 셋째, 억압통치. 아니, 폭압(暴壓)이라고 해야 마땅할 정도다.

 말 그대로 모든 면에서 백성을 폭압하는 것이다. 울제국의 통치에 대해서 조금만이라도 불만을 내비치는 사람이면 남녀노소, 지위 고하를 막론하고 두말없이 끌고 가서 반죽음을 만들어놓는다.

자신이 살던 곳에서 다른 지역으로 가려면 까다로운 절차를 거쳐서 통행서를 발급받아야만 한다.

만약 통행서 없이 자신이 사는 지역을 벗어났다가 발각되면 이 또한 중벌을 면치 못한다.

율가특 통치하에서는 백성들의 일상생활과 밀접한 각 지역의 치안(治安)은 우두머리만 서장인을 앉히고, 그 아래 포교(捕校)나 관졸(官卒)은 대명제국 때 사람들을 그대로 기용했었다.

서장인들은 대명제국의 백성, 즉 한족의 생활양식이나 세세한 것들에 대해서는 잘 모르기 때문에 직무의 원활함을 위해서 그랬던 것이다.

그래서 한족 포교와 관졸들은 알게 모르게 백성들 편을 많이 들어주었기 때문에 백성들은 생활을 하는 데 별다른 어려움을 느끼지 못했다.

까놓고 얘기하면 나라가 바뀌었다는 사실을 별로 실감하지 못했을 정도였다.

그런데 이반이 천상황으로 즉위하고 나서 한족 포교와 관졸들을 모조리 내쫓고는 그 자리를 서장인만으로만 모두 채워 버렸다.

그 이후에 상황이 어떻게 변했는지는 굳이 설명하지 않아도 불을 보듯이 뻔할 것이다.

한족 말을 아예 모르는 서장인 포교와 관졸들은 백성들이 조금만 거슬리거나 마음에 들지 않으면 가차없이 관가에 잡아들여서 불문곡직 두들겨 팼다.

한족 간에 시비나 송사(訟事)가 생기면 가해자와 피해자 둘 다 포박, 압송해서 그 역시 두들겨 팼다.

물론 서장인과 한족이 시비가 붙으면 이유나 원인을 따지지 않고 한족을 잡아갔다.

날이 맑으면 맑다고, 비가 오면 비가 온다고, 바람이 불면 바람이 분다는 식으로 아무 죄명이나 마구 갖다 붙여서 잡아들이는 바람에 관가의 뇌옥은 항상 죄없는 백성으로 넘쳐났으며 비명 소리와 통곡 소리가 그치지 않았다.

그 외에도 천상황 이반의 폭정을 열거하자면 밤을 새워 설명을 해도 모자랄 정도다.

백성들은 그 어떤 고난에도 꿋꿋하게 자라는 민들레처럼 생명력이 강하지만, 들판에 불을 질러 버린다면 더 이상 어쩔 도리가 없다.

기개세 일행이 머물고 있는 동풍장에는 오늘도 서장인 포교와 관졸이 다섯 차례나 다녀갔다.

딱히 동풍장을 의심하기 때문이 아니다. 서장인 포교와 관졸들은 북경성 내 가가호호를 하루 종일 들쑤시면서 돌아다니는 것이 중요한 임무다.

이유는 단 하나, 반울 세력을 색출하기 위해서다. 사실 그런 식으로 북경성을 비롯한 천하의 많은 반울 세력이 적발되어 형장의 이슬로 사라졌다.

반울 세력에 대한 형벌은 무조건 극형이다. 죄의 무겁고 가벼움도 따지지 않는다. 터럭만큼이라도 연루된 사람은 무조건 끌려가서 처형당했다.

반울 세력은 반역죄에 해당한다는 것이다. 어느 나라에서나 반역죄는 극형에 처한다.

하지만 그들이 잡아들이는 반울 세력이라고 해봐야 울제국에 불만이 있는 주먹구구식의 동네 모임에 불과했다.

무림고수들이나 짜임새있고 조직력있는 반울 세력은 여간해서는 잡히지 않았다.

결국 죽어나는 것은 힘없고 불쌍한 백성들뿐이었다. 여북하면 주루나 집안에 모여서 울제국에 대해서 불만을 조금이라도 털어놓으면 여지없이 반울 세력으로 몰려서 끌려가는 무고한 사람들도 많았다.

동풍장은 이렇다 하게 눈에 띄지 않는 사람이 주인으로 되어 있다.

예전에는 그런대로 약간 알려진 학자였던 사람이 동풍장에 학당(學堂) 같은 것을 열어 인근의 학구파들을 가르치는 곳으로 알려져 있었다.

그러나 사실 동풍장의 장주도 학도들도 모두 천라대 북경 지부에서 짜서 맞춘 것이다.

동풍장에서는 언제나 글 읽고 강론하는 소리가 낭랑하게 담 밖으로 흘러나간다.

장주인 선생과 학도들이 거의 하루 종일 가르치고 배우기 때문이다.

그들은 그것을 하는 것만으로도 천검신문의 보호를 받으면서 가족들이 풍족하게 먹고살 수 있었다.

동풍장은 도합 다섯 채의 아담한 전각으로 이루어진 그다지 크지 않은 소장원이다.

그런데 사실 동풍장의 전각은 모두 일곱 채다. 다만 겉으로 보기에 다섯 채로 보일 뿐이다.

그럴 수 있는 이유는 오묘한 건축술 덕분이다. 겉으로 보기에 다섯 채뿐인 전각 중에 복판에 있는 두 채에 비밀이 감추어져 있다.

그 두 채의 전각이 사실은 네 채로 이루어져 있다. 하지만 어느 방향에서 봐도 분명히 두 채뿐이다.

그러나 사실은 한 채의 전각 안에 또 다른 한 채의 전각이 똑같은 구조로 포개져 있는 것이다.

그 두 채의 전각은 겉으로 보이는 전각을 외전(外殿), 보이지 않는 곳을 내전(內殿)이라고 부른다.

내전으로 들어가자면 반드시 외전으로 들어가서 아무도 모르는 비밀스러운 입구를 거쳐야만 한다.

그 두 채의 내전에 두 무리의 사람들이 거주하고 있다.

한 채에는 기개세 일행이, 그리고 다른 한 채에는 꽤 많은 사람들이 거주하고 있는데, 그들은 다름 아닌 죽은 율가륵의 가족과 이반의 가족들이다.

춘몽이 납치했던 천상녀 모녀까지 함께 생활하고 있다. 율가륵의 부인 아홉 명과 이반의 부인 열두 명, 그리고 그 자식들 삼십여 명까지 무려 오십여 명의 대가족이다.

하지만 그녀들이 생활하고 있는 내전에 방이 사십여 개가 되고 그녀들만 전담하는 하녀가 십오 명이나 늘 붙어 있기 때문에 전혀 불편함이 없다.

더구나 내전 한복판에는 믿을 수 없게도 아담한 정원과 작은 연못까지 갖추어져 있어서 산책을 하거나 사색에 잠길 수도 있었다.

또한 수많은 서책과 그림을 그릴 수 있는 화구(畵具), 다도(茶道), 뜨개질 용품 따위의 취미생활을 위한 것들이 고루 갖추어져 있어서 무료할 틈이 없었다.

기개세는 그녀들에게 내전 밖으로는 나오지 못하게 엄중히 당부했다.

그 외에는 그녀들을 일체 간섭하지 않고 자유롭게 생활하도록 놔두었다.

그녀들은 납치되어 감금 생활을 한 지 한 달여가 지난 현재 정신적으로도 매우 안정된 상태다.

처음에 그녀들은 기개세가 자신들을 죽이거나 험한 꼴을 당하게 만들 것이라고 철석같이 믿고 있었다. 그러지 않을 이유가 없기 때문이다.

하지만 그녀들의 그런 기대는 완전히 빗나갔다. 기개세는 비단 그녀들을 일체 괴롭히지 않았을 뿐만 아니라 극진하게 대접했다.

그리고 이따금 그녀들이 생활하는 내전으로 찾아가서 가족처럼 친밀하게 대화를 나누기도 했다.

그녀들이 지금의 생활에 적응을 하고 기개세의 말에 잘 따르게 된 결정적인 이유가 있다.

그것은 기개세가 그녀들에게 '그녀들이 잘 따라주는 한 절대로 죽이지 않고 해를 입히지 않겠다'고 굳게 약속을 했기 때문이다.

동풍장의 또 한 채의 내전. 사람들은 이곳을 옥존전(玉尊殿)이라고 부른다. 옥처럼 존귀한 사람들이 생활하고 있다는 뜻이다.

이곳에서 생활하고 있는 사람은 기개세와 아미, 독고비, 육대명왕, 그리고 주소령이다.

두 오빠와 부인들이 남경성으로 떠났으나 주소령은 끝내 가지 않고 기개세 곁에 남아 있는 데 성공했다.

주소령이 두 오빠에게 무슨 말을 어떻게 했기에 그들이 그녀가 이곳에 남는 것을 허락했는지에 대해서는 그들 삼남매만이 알고 있을 뿐이다.

기개세는 이곳 옥존전에서 놀고 있는 것이 아니다. 그는 하루 종일 궁리를 하고 계획을 짜며 여러 사람들을 만나 보고를 듣고 의논을 한다. 또한 틈을 내서 천신여의지경을 연마하고 있었다.

그가 궁리하고 계획하는 것은 물론 울제국을 붕괴시키는 방법이다.

지난 한 달 동안 이곳에서 허송세월을 보낸 것이 아니다. 궁리를 거듭해서 완성된 계획들을 하나씩 착착 실행에 옮겨 현재 거의 완성 단계에 이르렀다.

모든 계획이 완성되면 마침내 울제국을 붕괴시킬 천하대계에 돌입할 예정이다.

그러나 현재 풀리지 않는 두 가지 큰 문제가 남아 있다.

하나는 울전대다. 역시 그들을 상대하여 제거하는 방법은 쉽사리 떠올라 주지 않고 있다.

두 번째는 울제국이 한족 남자들로만 만든 군사다. 사람들은 그들을 '한민군(漢民軍)'이라 부르고 있다. 한족 백성으로 이루어진 군대라는 뜻이다.

그 한민군의 수가 현재 무려 백오십만에 이른다. 울제국은 은밀한 모처에서 한민군에게 강도 높은 군사 훈련을 시키고 있다.

천상황 이반이 노리고 있는 것은 한족으로 한족을 공격하는 것, 즉 남의 도를 빌려서 살인을 하는 차도살인지계(借刀殺人之計)다.

아무것도 모르는 순박한 백성이라고 해도 몇 달 동안 강도 높은 훈련을 시키면 정규 군사가 될 수 있다.

또한 한족이 한족을 공격하는 짓을 하지 않으려고 해도 서장인들이 뒤에서 칼을 겨누면 할 수밖에 없다.

원래 인간이란 남의 목숨보다는 내 목숨을 더 소중하게 여기는 법이다.

죽이지 않으면 내가 죽게 되는 상황에 처하게 되면 상대가 아무리 한족이라고 해도 죽일 수밖에 없는 것이다. 이반은 그것을 이용하고 있는 것이다.

그러므로 기개세의 과제는 한민군이 같은 동족을 죽이지 못하도록 저지하는 것이다. 하지만 그것은 말처럼 쉬운 일이 아니다.

이반은 같은 한족끼리의 피 튀기는 동족상잔만을 즐기려

는 것이 아니다.

 백오십만의 한민군, 아니, 앞으로 점점 더 많아질 한민군의 힘을 결코 만만하게 봐서는 안 된다.

 이백만, 삼백만의 한민군이라면 예전 대명제국이 보유하고 있던 군사의 세 배에 조금 못 미치는 어마어마한 세력이 아닌가.

 그 힘은 상상을 초월하는 것이다. 그것을 천검신문이 감당해야 한다고 생각하면 암담할 수밖에 없다. 더구나 한민군은 같은 한족이다.

 "휴우······."

 기개세는 긴 한숨을 토해냈다. 그는 이 방에서 반나절 동안 천신여의지경을 연마했다.

 아니, 천신여의지경은 '연마'라고 하지 않는다. 하지만 적당한 표현이 없다.

 천신여의지경을 완성시키기 위해서는 일반적인 무공처럼 운공조식 같은 것은 하지 않는다.

 단지 천신기혼을 일으켜서 그것이 하는 대로 가만히 내버려 두기만 하면 되는 것이다.

 그러기 위해서 기개세가 하는 일은 온몸과 정신, 마음까지도 완전히 깡그리 비운 '절대적무아지경(絶對的無我地境)의 상태를 만들고 가만히 있는 것뿐이다.

그런데 심신을 '절대적무아지경 상태'로 만드는 것은 기개세 정도의 사람에게도 정말로 어려운 일이다.

정신과 마음이 완전한 무(無)의 상태에 이르는 상태를 무념무상이라고 한다.

그것은 불가나 도가에서 해탈의 경지에 도달하기 위해서 모든 승려와 도사들이 추구하는 것이라고 잘 알려져 있다. 하지만 알려져 있다 뿐이지 그것에 이르는 과정은 결코 쉬운 일이 아니다.

그런데 기개세가 천신여의지경에 들기 위해서는 정신적인 무념무상만이 아니라 육체적인 무아지경에도 동시에 이르러야 하는데 그것을 불계지체(不繫之體)라고 한다.

즉, 아무것에도 속박되지 않은 육신이라는 뜻이며, 몸을 텅 빈 상태로 만드는 것이다.

정신과 마음을 무념무상의 상태로 만드는 것도 힘들지만, 육신을 텅 비게 만드는 것은 몇 배나 더 어렵다. 사람에 따라서는 아예 시도조차 해보지 못할 수도 있다.

어찌 생각하면 그 말 자체가 성립되지 않는다. 육신, 즉 몸뚱이가 분명히 존재하고 있는데 어떻게 없게 만들 수 있다는 말인가.

육신을 이루고 있는 것들, 살과 뼈, 피, 내장, 장기 따위를 없게 만드는 것이 과연 가능한가.

그뿐만 아니라 호흡도 정지해야 하고 심장 박동과 피의 흐름, 맥박도 완전히 정지시켜야만 한다.

이를테면 인위적으로 정신과 육신을 가사상태(假死狀態)로 만드는 것이다.

천신여의지경을 익히려면 반드시 그 상태에 도달해야만 한다. 말하자면 뇌도, 가슴도, 몸도 텅 비게 해서 육신을 빈 항아리처럼 만들어야 하는 것이다.

그 이후에 천신기혼만이 텅 빈 통 속에서 유유히 흘러 다니면서 천신여의지경의 과정을 습성(習成)한다.

그 과정을 취진성(就進成)이라고 한다.

그는 반나절 동안이나 취진성을 시도했으나 천신여의지경이 반 푼어치도 성취, 즉 '취진' 하지 않았다는 사실을 잘 알고 있다.

요즈음 그의 천신여의지경의 취진 속도는 지겨울 정도로 무척 더디다. 아니, 어쩌면 언제부터인가 아예 멈춰 버렸는지도 모른다.

어쩌면 팔경 이후부터는 방법을 달리해야 하는 것인지도 모르는 일이다.

정말 그렇다면 그 방법을 찾아야 하는데 기개세로서는 백사장에서 바늘 하나를 찾는 것처럼 막막하기만 하다.

그래서 전대 여덟 분의 태문주 중에서 한 분도 천신여의지경을 완성하지 못했었나 보다 하는 생각이 들었다.
 하긴, 완성하는 것이 쉽다면 그것이 어찌 천신여의지경이라고 할 수 있겠는가.

 기개세가 연공실을 나와 평소에 모두 함께 휴식을 취하는 편좌방으로 왔을 때에는 아무도 보이지 않았다.
 아미와 독고비, 육대명왕은 모두 연공실에서 무공 연마를 하고 있을 것이다.
 아미와 독고비는 천족과 천신족이므로 따로 무공 연마를 할 필요가 없다.
 하지만 아미는 대명국 남경성에 있을 때부터 오대명왕에게 천검신문의 절학인 천신록을 가르쳐 왔다.
 이제는 모용군이 합류하여 육대명왕이 된 그들은 자나 깨나 무공 연마에 전력을 쏟고 있었다.
 그 결과 모용군을 제외한 오대명왕의 무위는 천검신문 내에서도 단연 상급에 속하게 되었다.
 기개세는 창문 앞에 서서 열어놓은 창을 통해 정원을 내다보며 깊은 생각에 잠겼다.
 요즈음 그는 시도 때도 없이 깊은 생각에 잠기는 버릇이 생겼다.

생각할 것이 한두 가지가 아니다. 천검신문 전체 휘하와 울 제국 치하에서 신음하고 있는 수천만의 백성들이 그의 결정과 행동을 기다리고 있기 때문이다.

그가 생각에 골몰하고 있을 때 주소령이 차를 가지고 실내로 들어섰다.

"그러다가 오라버니 머리가 터지겠어요."

"어째서?"

주소령이 탁자에 찻잔을 내려놓고 차를 따르면서 말하자 기개세는 탁자로 다가갔다.

"그렇게 쉬지 않고 생각에 생각을 거듭하다가는 머리가 터지고 말 거예요."

"하하! 그런 뜻이었느냐?"

기개세는 탁자 앞에 앉아서 껄껄 웃으며 뜨겁게 김이 나는 향긋한 차를 마셨다.

주소령은 기개세 옆에 앉아서 차를 마시며 단도직입적으로 말했다.

"무슨 문제로 고심을 하시는지는 몰라도 소녀에게도 좀 나눠주세요."

"나눠줘?"

주소령은 고개를 까딱거렸다.

"네. 무거운 짐도 여러 사람이 나눠서 들면 가볍잖아요? 고민거리도 그렇지 않겠어요? 한 사람의 머리보다는 두 사람이 나을 테고, 또 그보다는 여러 사람의 머리가 합쳐진 것이 훨씬 낫지 않을까요?"

기개세는 찻잔을 입에 대다가 탁자에 내려놓고는 담담한 얼굴로 말했다.

"그럼 하나 물어보마."

그러자 주소령은 자못 긴장하는 표정을 지었다. 기개세가 자신을 시험하는 것이라고 생각하기 때문이다.

"율가륵과 이반의 가족들을 어떻게 하면 좋겠느냐?"

그것은 기개세가 안고 있는 여러 고민 중에 작은 것이다. 그녀들을 일단 데려오긴 했으나 어떻게 해야 할지 결정을 내리지 못하고 있는 상황이다.

주소령은 눈을 살짝 반개하고 아미를 찡그리며 심각하게 생각에 잠겼다.

보통 사람보다 훨씬 긴 속눈썹이 우아하고 새카맣게 짙은 눈썹이 매력적이었다.

이윽고 그녀는 눈을 초롱초롱하게 뜨고 기개세를 바라보며 입을 열었다.

"그녀들을 완벽하게 우리 편으로 만드는 것이 좋을 것 같아요."

"어떻게? 그리고 그녀들이 우리 편이 되는 것이 우리에게 무슨 이득이지?"

기개세는 다시 찻잔을 들고 입으로 가져갔다.

주소령은 이미 생각을 마쳤기 때문에 즉시 대답했다.

"달리 방법을 시도할 필요는 없어요. 지금처럼만 하면 그녀들은 머지않아서 우리 편이 될 거예요."

"그럴까?"

주소령은 확신하듯 고개를 끄덕였다.

"그럼요. 옛말에 여자 팔자는 뒤웅박 팔자라고 했어요. 여자란 남편이 재상이면 대마님이 되고, 남편이 백정이면 백정마누라가 되는 거예요. 남편이 어떻게 되느냐에 따라서 운명과 팔자가 변한다는 것이죠."

그녀는 신선하고 풋풋한 어린 소녀의 모습을 하고는 마치 세상 다 살아본 노파처럼 말했다.

"율가륵의 가족들은 그가 죽은 이후 노 없는 나룻배 신세예요. 누가 거두냐에 따라서 앞으로의 삶이 결정되기 때문에 별로 문제될 것이 없어요."

기개세는 반신반의하는 표정을 지었다.

"내가 율가륵을 죽였으니 부인인 그녀들이 내게 원한을 품지 않을까?"

주소령은 단호하게 고개를 흔들었다.

"그렇지 않아요."

기개세는 그녀가 단정하듯이 말하자 의아한 표정을 지었다.

"어째서 그렇게 단정하느냐?"

주소령은 엷은 미소를 지었다. 모든 것에 완벽한 줄만 알았던 기개세도 모르는 것이 있다는 생각에 조금 안도하는 마음이 들었다.

"서장인들과 한족은 여러 면에서 다른 점이 많아요. 특히 여자는요."

기개세는 자신이 주소령을 시험한다는 사실을 잊고 진한 흥미를 느꼈다.

"어떤 점이 다르지?"

"사람은 원래 자신의 삶이 운명이나 팔자로 정해져 있다는 생각을 해요."

"그렇게 생각하지 않는 사람들도 많지."

"네. 중원 사람들이 그래요. 자신의 삶이 운명이나 팔자에 얽매이는 것을 싫어해서 어떻게든 그것을 깨뜨리려고 애를 쓰거든요."

그렇게 말하고 있는 주소령은 평소에 기개세가 알고 있던 예쁘고 귀여우며 응석만 부리던 모습하고는 판이해서 꽤나 어른스럽게 보였다.

"그러나 중원 사람하고는 달리 서장인들, 특히 여자들은 자신들의 운명과 팔자를 지나칠 정도로 맹렬히 신봉하고 있어요. 어떤 난관에 봉착했을 때 중원 사람들은 대부분 그것을 극복하려고 노력하는 데 반해서 서장 여자들은 그것에 순응해 버리는 경향이 많아요."

기개세로서는 처음 알게 되는 내용이었다. 그는 특히 여자들에 대해서 잘 모르고 있었다.

"서장 여자들은 가족이나 남편이 살해당했을 때 무척 슬퍼하면서도 복수 관념이 극히 희박해요. 오죽하면 원수에게 납치됐을 경우에 그의 여자가 되어 새로운 삶에 순응하여 자식을 낳고 새 남편에게 복종하면서 살겠어요."

기개세는 의외라는 표정을 지었다.

"정말 그런가?"

"물론이에요. 운명에 무조건 순응하는 것이 서장 여자들의 가치관이니까요."

"음… 그렇군."

전혀 새로운 사실에 기개세는 턱을 주억거렸다.

"그러니까 율가륵의 부인들이나 가족들은 그가 죽은 직후에 납치되어 이곳에서 편안하게 생활하고 있는 동안 이미 남편이자 아버지에 대해서는 거의 잊었다고 봐도 무방해요. 그녀들은 다만 이곳의 새로운 삶에 적응해서 살아가려고 애쓰고 있을 거예요."

서장 여자들의 민족성이 정말 그렇다면 주소령 말대로 율가륵의 가족들은 기개세에 대해서 원한 같은 것을 품고 있지 않을 것이다.

중원 여자와 서장 여자가 어찌 그렇게 다를 수 있는지 기개세는 여전히 잘 믿어지지 않았다.

"이반의 가족은 어떻지? 율가륵하고는 달리 아직 이반이 살아 있지 않은가?"

"그녀들도 율가륵 가족하고 비슷해요. 다를 게 없어요."

주소령은 짐작이 아니라 아예 단언을 했다.

"비슷해?"

기개세의 표정이 변했다. 그는 주소령을 시험하고 있다는 사실을 아예 까맣게 잊고 있었다.

반대로 주소령은 흥이 났다.

"조금 전에 말씀드렸잖아요. 서장 여자들은 원수에게 납치되고서도 그의 아이를 낳고 산다고요."

"설마……."

무슨 얘긴지는 알겠는데 잘 믿어지지 않았다.

"못 믿겠으면 그녀들에게 시험을 해보세요."

기개세는 의아한 표정을 지었다.

"시험을? 어떻게?"

"오라버니께서 오늘 밤에 이반의 부인들에게 잠자리를 요

구해 보세요."

"뭐?"

기개세는 설마 주소령이 그런 말을 할 줄은 예상하지 못했다가 한 대 얻어맞은 표정을 지었다.

"이반의 열두 명의 부인은 자신들이 구출된다거나 오라버니에 대해서 원한을 품는 것은 이미 포기한 지 오랠 거예요. 바깥세상과 완벽하게 단절을 시켜놨기 때문에 효과가 더 좋았어요."

기개세는 막내 여동생 같은 주소령이 그런 말을 하자 조금 어이없다는 표정을 지었다.

그러나 그녀는 한술 더 떴다.

"그런 상황에서 오라버니가 이반의 부인들과 정사를 하게 되면 오도 가도 못하고 이제부터는 오라버니께서 시키는 대로 다 하게 될 거예요. 여자란 남자에게 몸을 허락하면 모든 것을 순종하게 되어 있어요. 그것은 중원의 여자들도 크게 다르지 않아요."

기개세는 기가 찬 표정을 지었다.

"소령아, 너… 정사가 뭔지는 아느냐?"

그러자 주소령의 얼굴이 노을처럼 붉게 물들었다. 하지만 그녀는 고개를 숙인 상태에서도 할 말은 다 했다.

"소녀가 정사에 대해서 아는지 모르는지 오라버니께서 한

번 시험해 보실래요?"

"……."

기개세는 말문이 막혀 버렸다.

주소령은 기개세가 아무런 말이 없자 살며시 고개를 들다가 그와 눈이 딱 마주치자 그 자리에 얼어붙어 버렸다.

그녀는 얼굴이 더욱 새빨갛게 변해서 어쩔 줄을 몰라 했다. 하지만 곧 그녀는 다부진 표정으로 조그맣고 예쁜 입술을 나풀거렸다.

"예로부터 역사는 남자, 특히 영웅호걸들이 만드는 거예요. 여자들은 영웅호걸을 좋아하지요. 진짜 영웅이 백처 천첩을 거느렸어도 그에게 몸을 바치고 싶은 것이 여자의 진실한 마음이에요."

"그러나 여자도 남자와 똑같은 사람이다. 자신의 주장과 뜻이 있는 법이지."

"여자가 자신의 주장을 내세우고 드세게 구는 것은 평범한 남자에게 한정된 것이에요. 영웅에게는 그러지 않아요. 특히 자신보다 훨씬 뛰어난 영웅에게는요."

"……."

기개세는 또 말문이 막혔다.

주소령은 용기를 내어 기개세를 말끄러미 응시했다.

"오라버니는 천 년, 아니, 만 년에 한 명 출현하기 어려운 만고의 대영웅이에요. 그런 분을 지아비로 모실 수만 있다면, 소녀는 단 하룻밤일지언정 평생의 광영으로 삼고 살아갈 수 있어요."

기개세는 적잖이 놀란 얼굴로 주소령을 쳐다보았다. 그녀가 그런 말을, 아니, 마음을 품고 있는지는 눈곱만큼도 예상하지 못했기에 더 놀랐다.

그는 꿀 먹은 벙어리처럼 아무 말도 못하고 멀뚱하게 그녀를 쳐다보기만 했다.

주소령은 그런 말을 소나기처럼 와르르 쏟아내고는 가슴이 미친 듯이 쿵쾅거려서 고개를 숙이고 있었다. 온몸의 피가 얼굴로 다 몰려든 것처럼 화끈거렸다.

기개세는 망연히 그녀를 물끄러미 굽어보다가 어느 순간 움찔 놀랐다.

너무도 예쁜 그녀의 모습과 봉긋한 젖가슴, 그리고 잘록한 허리와 아담한 엉덩이가 눈에 확 빨아들이듯이 들어왔기 때문이다.

'이런……'

어이없게도 주소령이 한 사람의 여자로 보인 것이다. 더구나 그녀가 '하룻밤의 정사' 어쩌고 하는 바람에 그녀와 정사를 하면 어떤 느낌일까 하는 마음이 슬그머니 들었다.

'이런 짐승 같은 놈!'

기개세는 깜짝 놀라서 자신을 크게 꾸짖었다. 하지만 정신은 제어할 수 있을지 몰라도 자신의 의지대로 되지 않는 것이 사람의 마음이다.

그는 자신이 짐승이고 날도둑놈이라는 사실을 이제야 깨달은 것이다.

그때 주소령이 고개를 푹 숙인 채 기어드는 목소리로 입을 열었다.

"이반의 부인과 자는 사람은 반드시 오라버니여야만 해요. 오라버니께서 그녀들의 원수이기 때문이에요. 오라버니하고 정사를 해야지만 원수라는 생각을 깨끗이 지우고 복종할 거예요."

그 말에 기개세는 정신이 번쩍 들었다. 그는 어떻게든 이런 어색한 상황에서 벗어나고 싶었다. 더구나 자신이 주소령을 여자로 생각했다는 상황에서.

갑자기 그는 주소령을 번쩍 안아 자신의 무릎에 마주 보는 자세로 앉히고는 궁둥이를 두드리면서 껄껄 웃었다. 마치 어린아이를 다루는 듯한 모습이다.

"하하하! 인석아, 너는 무슨 농담을 그렇게 실감나게 하는 것이냐? 나는 너를 귀여운 여동생으로만 생각할 뿐이다. 알겠느냐?"

그런데 그게 실수였다. 그는 주소령을 자신의 무릎에, 더군 다나 마주 보는 자세로 안지 말았어야 했다.
 다리를 활짝 벌리고 앉은 주소령은 무엇인가 단단한 것이 자신의 은밀한 곳을 불끈 찌르자 화들짝 놀라서 고개를 들고 기개세를 바라보았다.
 "어… 왜?"
 "오라버니, 주머니에 몽둥이 넣고 다녀요?"
 "으… 응… 그거……."
 당황한 기개세는 주소령을 의자에 내려놓고 허둥거리면서 급히 방을 나갔다.
 "난 몰라."
 혼자 남은 주소령은 탁자에 엎드리며 작게 몸부림쳤다.
 '몽둥이'라고 둘러대긴 했으나, 자신의 은밀한 곳을 찌른 것이 무엇인지 그녀가 어찌 모르겠는가. 단지 기개세가 당황할까 봐 그렇게 말했을 뿐이다.
 그때부터 그녀는 야릇한 상상 때문에 아무것도 하지 못하고 일찌감치 자신의 방으로 가서 침상에 누웠다.

第百三十八章

통박당(通博堂)

대사부

"방금 들어온 정보입니다."

천라대 북경 지부주인 사록이 기개세 앞에 공손히 허리를 굽히며 보고했다.

"놈들이 한민군을 훈련시키고 있는 장소들을 알아냈습니다만, 전부는 아닙니다."

사록은 한 장의 종이를 내밀었다. 거기에는 어떤 장소 수십 곳의 지명이 빼곡하게 적혀 있었다.

기개세는 종이를 한동안 들여다보다가 짧게 명령했다.

"철저하게 감시시켜라."

한민군에 대해서 대책이 서 있지 않은 현재로선 그렇게밖에는 명령할 수가 없다.

"접경 지역은 어떠냐?"

"여전히 대치하고 있는 국면입니다."

울제국과 대명국 접경 지역 전역에 걸쳐서 울고수와 울군사, 그리고 천검신문의 천검중원삼군이 팽팽하게 대치하고 있다는 것이다.

기개세의 생각에, 이반은 한민군이 훈련을 마칠 때까지는 전쟁을 일으키지 않을 것 같았다.

그는 제 아비 율가륵하고는 여러 점에서 다르다. 훨씬 더 영리하고 또 잔인하다.

율가륵은 대명국하고 말 그대로의 죽고 죽이는 치열한 전쟁을 하려고 했었다.

그렇게 싸워서 마지막까지 살아남는 쪽이 승리하는 그런 전쟁 말이다.

만약 그랬더라면 설사 울제국이 이긴다고 해도 막심한 피해를 냈을 것이다.

그런데도 율가륵은 원래 전쟁이란 그렇게 하는 것이라고 알고 있었다.

하지만 이반은 다르다. 그는 소름이 끼칠 정도로 영악한 인물이다.

자신의 종족인 서장인의 피를 어떻게 하든 최소한만 흘리게 하고, 한민군을 같은 한족끼리 싸움을 붙여서 소위 어부지리를 얻으려는 계획이다.
　현재 이반이 하고 있는 것을 봐서는, 한민군을 대충대충 훈련시킬 생각이 아닌 듯하다. 그랬다면 그들이 죽든 말든 벌써 전선으로 내몰았을 것이다.
　그는 이왕이면 한민군을 철저하게 강군으로 만들려는 것이 분명하다.
　한민군이 강하면 강할수록 서장인들이 피를 덜 흘리게 될 테고, 그 반면에 대명국이 고전을 면치 못할 테니까 말이다.
　천라대 북경 지부장 사록이 공손히 허리를 굽히고 물러간 후에 기개세는 혼자 또다시 깊은 생각에 잠겼다.
　그러다가 문득 주소령이 했던 말이 생각났다.

　"한 사람의 머리보다는 두 사람이 나을 테고, 또 그보다는 여러 사람의 머리가 합쳐진 것이 훨씬 낫지 않을까요?"

　그녀는 그렇게 말해놓고서 기개세의 시험을 훌륭하게 통과했다.
　납치한 율가륵과 이반의 가족들을 어떻게 처리해야 하는지 너무도 완벽하게 방법을 내놓아서 기개세를 적잖이 당황시키지 않았는가.

기개세는 즉시 사록을 다시 불러서 명령했다.

"마정협군주 춘몽과 천신종의 구겸, 청향, 고태, 주소령을 즉시 불러들여라."

그가 겪어본 바로는 방금 열거한 사람들이 누구보다도 총명하고 계교에 밝았다.

그는 이참에 뛰어난 두뇌들로 이루어진 모사조직(謀士組織)을 만들어볼 생각이다.

주소령의 말은 분명히 맞다. 기개세가 아무리 뛰어난 두뇌를 지녔다고 해도 총명한 여러 명의 두뇌를 합친 것보다는 못할 것이다.

아니, 기개세가 미처 생각하지 못한 것들을 그들의 머리에서 끄집어낼 수도 있을 것이다.

마정협군주인 춘몽의 두뇌가 뛰어나다는 사실은 이미 여러 차례 경험한 적이 있다.

천검신문을 따르는 북경성 내의 비밀 집단 천신종의 일원인 구겸은 과거 주명옥의 스승이었을 정도로 박식하고 지혜로운 사람이다.

청향은 독고비가 불도주였던 시절에 그녀를 그림자처럼 호위하던 두 사람, 대곤과 청향 중 한 명이다.

기개세는 청향을 몇 차례 본 적이 있으며, 그녀가 독고비에게 말하는 것을 보고 매우 총명하다고 여겼었다.
 기개세가 무창성의 금비라 시절에 그를 따랐던 삼야차 중에 막내인 고태의 총명함에 대해서는 누구보다도 기개세가 잘 알고 있다.
 고태는 비록 무공은 일천하지만 머리를 쓰는 것이라면 틀림없이 한몫을 해낼 것이다.
 마지막으로 주소령은 자신이 얼마나 총명한지를 조금 전에 기개세 앞에서 분명하게 보여주었다.
 기개세는 앞으로 그녀가 어떤 활약을 보일지 자못 기대를 하고 있다.

      *   *   *

 자금성.
 천상황 이반은 용상(龍床)에 꼿꼿한 자세로 앉아 있고, 저 아래쪽 단하에는 패가수가 시립하고 있는 자세로 마주 보고 서 있다.
 이반이 황제 천상황에 오른 지 오늘로 사십 일이 됐다.
 그리고 부황 율가륵의 가족과 자신의 가족이 납치된 지는 두 달쯤 됐다.
 이반은 부친과 다른 점이 많다. 그중에서도 부친이 거칠고

급한 성격이라면 이반은 인내심이 남달리 강한 성격으로 알려져 있다.

그러나 사실 이반은 속에 있는 감정을 겉으로 잘 드러내지 않는 성격이다.

화나는 일이 있을 때마다 속에 있는 것을 터뜨리는 사람보다는, 속에 잔뜩 쌓아두었다가 터뜨리는 사람의 분노가 훨씬 더 큰 법이다.

전자의 사람은 화를 터뜨리고 나면 그것을 깨끗이 잊어버리지만, 후자는 죽을 때까지도 잊지 않고 복수를 꾀한다.

이반은 부친 율가특의 부인과 자식들, 그러니까 자신의 어머니들과 배다른 이복형제들이 납치된 것에 대해서는 그다지 관심이 없다.

폭군의 아들들이 대부분 그렇듯이 이반 역시 부친에게 애틋한 정 같은 것은 없었다.

그러다 보니까 부친과 연관된 것에도 애착이 별로 없는 것은 당연한 일이다.

하지만 그런 사람일수록 자신의 소유물에 대한 집착은 광적일 정도로 집요한 편이다.

이반이 바로 그렇다. 그는 자신의 열두 명의 부인을 한 사람 한 사람 다 특별한 이유로 아끼고 사랑한다. 율가특의 부인과 자식들 모두와 자신의 부인 한 명하고도 바꾸지 않을 정도다.

그리고 이반은 자신의 친혈육인 아이들을 눈에 넣어도 아프지 않을 정도로 사랑하고 있다.

그에게는 여덟 명의 자식이 있으며, 삼남오녀이고 제일 큰 딸이 이제 고작 다섯 살밖에 안 됐다.

인내를 잘하는 사람은 감성이 풍부한 사람이다. 여러 상황을 마음속으로 풍부하고도 세밀하게 그릴 수 있기 때문에 인내를 할 수 있는 것이다.

이반은 감성이 풍부하다. 그래서 생각이 많고 그렇기 때문에 영리하다.

"아우야."

대전에는 아무도 없고 오직 이반과 패가수 형제 둘뿐인데, 이반이 무거운 침묵을 깨고 입을 열었다.

"말씀하십시오, 황제 폐하."

패가수는 시립한 자세에서 더 깊이 허리를 굽혔다.

"우리 둘이 있을 때는 예전처럼 형이라고 불러라."

이반은 자상한 표정으로 말했다.

하지만 그것은 절대 그의 진심이 아니다. 그는 권력이나 명예를 매우 신봉하는 사람이다.

그렇기 때문에 자신이 절대자의 위치에 있을 때에는 아무리 형제나 부모라고 해도 그에 합당한 예절을 갖추기를 원했다.

그러므로 이반이 패가수에게 한 말은 그냥 가진 자로서 해 보는 말에 불과하다.

만약 패가수가 정말 '형'이라는 호칭을 사용한다면 이반은 속으로 몹시 못마땅하게 여길 것이다. 말하자면 권좌에 앉은 자의 교만이다.

물론 패가수는 그런 이반의 성격을 잘 알기 때문에 절대 그럴 리가 없다.

"하명하십시오, 폐하."

이반은 당연히 그럴 줄 알았다는 듯 고개를 끄덕이고 나서 입을 열었다.

"네 형수들과 조카들을 찾아내도록 해라. 전권(全權)을 줄 테니까 수단과 방법을 가리지 말고 말이야."

이반은 자금성에 돌아온 직후에 자신의 부인들과 자식들이 천검신문 태문주에게 납치됐다는 사실을 알고는 분노가 극에 달했었다.

부친이 죽었다는 사실보다 가족이 납치된 것에 더 분노한 것은 당연한 일이다.

그때부터 지금껏 부인과 아이들을 찾기 위해서 백방으로 손을 썼으나 이렇다 할 성과를 거두지 못했다.

그는 현재 할 일이 태산처럼 쌓여 있었다. 부친 율가륵이 정해놓은 법을 죄다 뜯어고치고 있기 때문이다. 그래서 가족을 찾는 일에 직접 나서지 못하는 것이다.

마음 같아서는 해야 할 일을 모조리 팽개치고 가족을 찾는 일에만 매달리고 싶지만 그럴 수가 없다. 황제의 자리에 앉아 있기 때문이다.

"다시 말하지만, 수단과 방법을 가리지 마라."

이반이 못을 박듯 말하자 패가수는 깊숙이 허리를 굽혔다.

"황명을 받듭니다."

패가수를 굽어보는 이반은 무슨 말이 목구멍까지 올라왔지만 끝내 뱉어내지 않았다. '찾지 못하면 돌아오지 마라'는 말이다.

패가수는 이반과 같은 어머니를 두었다. 그 어머니는 오래 전에 병으로 죽었다. 그러므로 이반과 패가수는 유일한 동복형제(同腹兄弟)다.

자신의 거처로 돌아오는 내내 패가수는 기개세에 대한 생각에 잠겼다.

아니, 지난번 남경성에서 기개세에게 죽을 뻔했다가 그의 자비로 자신은 물론 남궁산까지 목숨을 건진 일이 있은 이후, 패가수의 머릿속에서 기개세라는 사람의 생각이 한시도 떠난 적이 없었다.

패가수가 직접 겪어본 바로, 기개세는 진정 사내 중에서도 사내였다.

기개세는 자신의 아들을 납치한 패가수가 아들을 다치게 하지 않고 곱게 돌려줬다는 이유로 그는 물론 남궁산까지 순순히 놓아주었다.

패가수는 그때 그 일을 지금까지도 신선한 충격으로 받아들이고 있다.

그런 과단성있고 호쾌한 일을 서슴없이 하는 사람을 '진정한 사내' 라고 부른다는 것을 패가수는 잘 알고 있었다.

패가수는 '진정한 사내' 를 처음 만나보았다. 그의 주위에는 그런 사내가 한 명도 없다.

형 이반도, 또한 아우처럼 여기고 있는 남궁산도 '진정한 사내' 하고는 거리가 멀다.

그 '진정한 사내' 가 자금성을 급습하여 패가수의 부친 율가륵을 죽이고 그의 가족과 형 이반의 가족을 납치했다.

한마디로 말해서 패가수의 집안을 쑥대밭으로 만들어놓은 것이다.

그런데 이상하게도 패가수는 그것에 대해서 추호도 나쁘게 생각하지 않았다.

패가수가 기개세였더라도 충분히 그랬을 것이다. 아니, 그러고도 남았을 것이다.

천검신문은 여태껏 깨끗한 싸움만 했다. 납치 따위의 비열한 짓은 울제국의 몫이었다.

이반은 기개세의 아내들과 아들을 납치하려고 했다. 만약 그것이 실패하지 않았더라면 이반은 기개세의 아내를 짓밟고도 남을 인간이다.

그리고 기개세의 아들을 미끼로 상상할 수도 없는 짓을 서슴없이 행했을 것이다.

그런데 기개세는 율가륵과 이반의 부인과 아이들을 납치한 지 두 달이 다 돼가고 있지만 울제국에 어떠한 요구도 하지 않고 있다.

그렇다면 그가 율가륵과 이반의 가족들을 납치한 목적은 그들을 미끼로 이반을 협박, 또는 거래를 하려는 것이 아니었다는 뜻이다.

그것은 패가수의 추측과 일치하고 있다. 그는 기개세가 납치한 가족들을 미끼로 삼아서 비열한 짓은 하지 않을 것이라고 추측했다.

오히려 가족들을 잘 대접하고 행여 그들이 겁을 먹을까 봐 위로를 해주고 있을 것이다. 패가수가 아는 기개세는 그러고도 남을 사내다.

삼황사벌은 중원을 처참하게 짓밟고 울제국을 세웠다.

그러므로 천검신문이 울제국을 내쫓고 중원을 되찾는 것

은 당연한 일이다.

 그러기 위해서 천검신문은 무슨 짓이라도 서슴지 않아야 한다는 명분이 있다.

 즉, 비열하거나 잔인하거나 온갖 더러운 수법을 써서라도 중원을 되찾기만 하면 모두 정당화된다는 뜻이다.

 자기 집에 들어온 강도를 내쫓는 데 무슨 방법을 쓰든 누가 뭐라고 하겠는가.

 그런데도 그런 방법들은 오히려 울제국이 거침없이 사용했고, 천검신문은 일체 그러지 않았다. 그들은 끝까지 고고하고 깨끗하다.

 그런 점에서 패가수는 기개세를 높게 평가하고 있다. 예전에 패가수는 기개세를 단지 '적'이라고만 생각했다.

 하지만 지금은 그에 대해서 여러 복합적인 생각을 갖고 있다. 적은 적이지만 존경할 만한 적, 본받고 싶은 적, 적이 아니었다면 친해지고 싶은 적 같은 것들이다.

 그러나 한 가지 분명한 것은, 패가수가 그런 마음을 품고 있음에도 불구하고 기개세가 명백한 '적'이라는 사실에는 변함이 없다는 사실이다.

 그런 훌륭한 '적'에 대한 예의는, 최선과 전력을 다해서 상대해 주는 것이다.

 패가수는 이반으로부터 전권을 위임받았다. 그것은 패가

수가 울제국 전체의 힘을 움직일 수 있다는 뜻이다.
 자신의 거처로 들어가기 직전에 패가수는 문득 한 사람의 얼굴을 떠올리고는 뚝 걸음을 멈추었다.
 왜 불현듯 그 사람의 얼굴이 떠올랐는지 모를 일이다.
 한때 패가수가 열병을 앓을 정도로 사랑했던 소녀.
 그녀에게서 사랑을 받는 것이 인생의 목표였으며, 그녀의 아름다운 미소를 볼 수만 있다면 기꺼이 목숨을 던질 수도 있었던 시절이 있었다.
 그러나 아무도 깰 수 없을 것이라고 믿었던 그 사랑은 끝내 비련(悲戀)으로 끝났다.
 그리고 그녀는 지금 기개세의 수중에 있었다.

 남궁산은 극도로 긴장하고 있다. 이반 앞에 혼자 서 있기 때문이다.
 이반은 혼자서 식사를 하고 있다. 탁자에는 남궁산이 여태까지 한 번도 본 적이 없는 산해진미가 가득 차려져 있다.
 이반은 마치 숙련된 미식가처럼 수많은 요리들을 맛을 보듯이 조금씩만 먹었다.
 곁에서는 아름다운 시녀들이 시중을 들고 있다. 이반은 황제로서 누릴 수 있는 특권 중에서 아주 작은 것까지도 최대한 만끽하고 있는 중이다.

그는 식사를 하는 도중에 남궁산이 와서 기다리도록 일부러 안배를 했다.

자신이 식사하는 모습을 남궁산이 보면서 충분히 주눅이 들게 만들자는 의도고, 그것은 성공했다.

남궁산은 이반을 혼자서 마주 대한 적이 한 번도 없다. 그는 패가수에게 속해 있기 때문이다.

남궁산은 이반이 대체 무엇 때문에 자신을 불렀는지에 대해서 생각하느라 머리가 터질 지경이다.

하지만 아무리 고심을 해봐도 대답이 나오지 않았다. 부를 하등의 이유가 없기 때문이다.

"산."

이반이 식사를 다 끝내고 말을 할 것이라 생각하고 있던 남궁산은 그가 부르는 소리를 듣지 못했다.

'산'이라고 친근하게 이름을 불렀기 때문에 알아듣지 못한 것일 수도 있다.

"산."

그래서 두 번째 불렀을 때에야 화들짝 놀라서 급히 허리를 굽히며 대답했다.

"네… 넷! 황제 폐하!"

그런데 이반은 남궁산을 꾸짖기는커녕 외려 부드러운 미소를 짓는 것이 아닌가.

"너에게 부탁이 있다."

"황공… 하옵니다."

부탁이라는 말에 남궁산은 놀라서 어쩔 줄 몰랐다.

이반은 시녀가 입에 넣어준 요리를 우물우물 씹으면서 더욱 친근한 표정을 지었다.

"앞으로 네가 아우 주변에서 일어난 일들을 내게 직접 보고해 줘야겠다. 할 수 있겠느냐?"

남궁산은 크게 놀랐다. 이반은 남궁산에게 패가수를 감시하라고 요구하는 것이다.

더구나 이반에게 '직접' 보고하라는 것은 특별한 의미를 함축하고 있다.

즉, 패가수의 사람인 남궁산을 이반이 자신의 사람으로 만들겠다는 뜻을 슬며시 내비친 것이다.

"황명을 받듭니다."

남궁산은 길게 생각할 것도 없다는 듯 즉시 허리를 깊숙이 굽혔다.

"널 믿겠다."

이반은 고개를 끄덕이고는 다시는 남궁산에게 시선을 주지 않고 하던 식사를 계속했다.

조심스럽게 뒷걸음쳐서 이반에게서 물러나온 남궁산은 자신과 패가수가 함께 사용하고 있는 거처로 돌아가면서 깊은 생각에 잠겼다.

 그리고는 오래지 않아서 결정을 내렸다. 자신은 결코 패가수를 배신할 수 없다는 것이다.

 그는 거처로 돌아가는 대로 패가수에게 지금 이 일을 털어놓을 것이라고 다짐했다.

 하지만 그는 끝내 패가수에게 아무 말도 하지 않았다.

*   *   *

 기개세가 급조한 두뇌 조직은 기대 이상으로 왕성한 활동을 보여주었다. 그는 조직의 명칭을 통박당(通博堂)이라고 이름 지었다.

 통박당은 천검신문이 당면하고 있는 전체적인 문제들을 폭넓게 다루었다.

 그중에서도 울전대에 대한 것을 제일 과제로 삼았으며, 그것에 대해서 하루에도 수십 가지 방법을 내놓을 정도로 깊이 있게 파고들었다.

 그 방법들 중에는 기개세 혼자였을 때에는 미처 생각하지 못했던 것들도 많았다.

 통박당에 소속된 다섯 명, 소위 '통박오성(通博五星)'으로 불리는 두뇌들은 동이 트기도 전인 이른 새벽부터 자정이 훨씬 넘을 때까지 울전대를 비롯한 여러 사안들에 대해서 치열하게 머리를 짜내고 또 논쟁을 거듭했다.

그러던 어느 날인가, 삼야차의 막내인 고태가 불쑥 한마디를 던졌다.

"울전대가 강시나 유령이 아닌 인간으로 이루어진 이상 인간적인 측면에서 접근하는 것이 어떻겠습니까?"

그것은 가장 기본적인 사항이면서도 다들 놓치고 지났던 접근 방법이다.

인간은 인간인 이상 먹고, 마시고, 자고, 싸고, 말하고, 사랑하고, 욕정을 풀고, 움직이는, 즉 '생활'이라는 것을 할 수밖에 없다.

'생활'을 하면 자연히 '관계'라는 것이 이루어진다. 그리고 그 '관계'의 대상은 개나 가축이 아닌 '인간'이다.

고태의 말인즉, 바로 그것 '인간'에서부터 울전대에 접근하자는 것이다.

살아 있는 모든 것은 흔적을 남긴다. 울전대는 살아 있다. 게다가 인간이다.

천라대는 울전대의 흔적 찾기에 돌입했다.

*　　　*　　　*

울제국은 거의 대부분의 분야에서 대명제국의 체제를 그대로 답습했다.

아무래도 대명제국이 울제국보다는 모든 분야에서 문물이 월등하게 앞섰기 때문일 것이다.

울제국은 나름대로 자신들만의 체제나 방식을 창조하려고 부단히 노력했으나 결국은 대명제국의 것들을 채택하지 않을 수가 없었다.

그것보다 더 뛰어난 것을 창조할 능력이 턱없이 부족하다는 사실을 깨달았기 때문이다.

그중에서도 칠군도독부(七軍都督府)는 대명제국의 오군도독부를 본떠 두 개의 부를 더 늘린 군사 최고 조직이다.

대명제국의 오군도독부는 전후좌우중(前後左右中)의 다섯 개 도독이었으나, 울제국의 칠군도독부는 동서남북전후중(東西南北前後中)이라는 차이가 있을 뿐이다.

칠군도독부는 울제국의 전군(全軍)과 한민군을 통솔한다.

'동서남북'의 네 개 부는 중원의 동서남북 각 네 개 지역을 담당하고, '전후' 두 개 부는 황도 북경성을 남북에서 호위하듯 이백여 리 내에 주둔하고 있으며, '중'은 북경성의 수비를 맡고 있다.

이반은 황제 천상황에 즉위한 이후에도 부친 율가륵 시절에 임명된 측근 중신들을 그대로 물려받아서 쓰고 있다.

부친의 것이라면 아무리 사소한 것이라고 해도 마음에 들지 않아서 모조리 내다버리고 자신의 것으로만 새롭게 채워넣은 이반이다.

그런 그가 가장 중요한 측근 중신들을 부친의 사람들을 고스란히 물려받아서 계속 부리고 있는 데에는 그만한 이유가 있었다.

황제의 최측근이라고 하면, 중서성(中書省)의 우두머리인 승상(丞相)과 육부(六部)의 상서(尙書), 도찰원(都察院)의 좌우도어사(左右都御史), 칠군도독부의 일곱 명의 도독(都)들을 꼽을 수 있다.

대명제국을 세운 주원장 홍무제(洪武帝)는 초창기에 몇 차례 모반을 겪고 나서 승상이 우두머리로 있는 중서성을 없앴으나 울제국은 다시 부활시켰다.

율가륵은 홍무제처럼 똑똑하지도 않았으며, 그렇다고 치세(治世)에 왕성한 활동을 보이지도 관심도 없었으므로, 제이인자인 승상을 앞혀놓고 그에게 나라를 맡겼다.

위에 열거한 신하들은 황제의 머리이며 수족이라고 할 수 있는 존재들이다.

황제가 국사(國事)를 등한시하더라도 그들만 있으면 나라가 제대로 돌아간다. 그만큼 중요한 지위라는 얘기다.

천상황 이반이 그처럼 중요한 지위를 부친 율가륵의 사람들로만 이어받아서 꾸려갈 리가 만무하다.
 그는 당연히 최측근들을 모조리 자신의 사람들로 갈아치울 계획이다.
 다만 너무 막중한 지위이기 때문에 인선(人選)에 신중을 기하느라 시일이 오래 걸리고 있는 것뿐이다.
 그러나 오래지 않아서 황제의 최측근들이 바뀔 것이라는 소문이 공공연하게 나돌고 있었다.

第百三十九章

포섭 계획

대사부

진운상과 유정은 탁자 앞에 나란히 앉아서 누군가를 기다리고 있었다.
 두 사람은 평소의 간편한 옷차림이 아닌 화려하기 짝이 없는 비단옷을 입고 있는 모습이었다. 더구나 늘 휴대하던 검도 지니지 않았다.
 그래서 겉으로 보기에는 왕족이나 지방의 제후, 또는 대부호 같았다.
 이즈음의 진운상과 유정은 부부나 다름없는 관계를 지속하고 있었다. 시절이 어수선해서 혼인식을 올리지 않았을 뿐이지 같은 방에서 잠을 자면서 부부 생활을 한 지 벌써 이 년 가까이 됐다.
 진운상은 느긋한 모습인데 반해서 유정은 얼굴에 초조한 기색이 역력했다.
 이들 두 사람은 어느 장원의 접객실에 앉아서 장원의 주인을 기다리고 있었다.
 접객실은 그리 크거나 화려하지는 않지만 나름대로 최상류층의 흉내를 내기 위해서 고심한 흔적이 실내 곳곳에 배어 있었다.
 말하자면 최상류층이 되고는 싶은데 물질적인 능력이 뒷받침되지 않는 자의 몸부림이다.
 진운상은 나란히 앉아 있는 유정의 무릎 위로 손을 뻗어서 그녀의 손을 가만히 잡아주었다.
 그러자 유정은 경직된 얼굴로 진운상을 쳐다보다가 곧 표정이 편안하게 풀어졌다.
 진운상이 단지 손을 잡아주었을 뿐인데 온몸을 억누르고 있던 긴장이 일시에 사라져 버린 것이다.
 두 사람 앞의 탁자에는 하녀가 따라준 두 개의 찻잔이 놓여 있으나 입도 대지 않은 채 식어버린 상태다.
 그로 미루어 유정뿐만 아니라 진운상도 적잖이 긴장하고 있음을 알 수 있다.

뜨거운 차가 식었다는 것은 두 사람이 이 자리에 오래 앉아 있었음을 뜻한다.
 진운상이 찻잔을 들어 식어버린 차를 한 모금 마시자 유정도 미소를 지으며 따라서 했다.
 두 사람은 식은 차라도 한 모금 마시니까 긴장이 다소 풀리는 것을 느꼈다.
 "험!"
 그때 입구 쪽에서 나직한 헛기침 소리가 나더니 누군가 들어서는 발자국 소리가 뒤를 이었다.
 유정이 놀라서 발딱 일어서려는 것을 진운상이 급히 손을 뻗어 무릎을 지그시 누른 후에 두 사람은 함께 천천히 일어나 뒤돌아섰다.
 뒷짐을 진 채 팔자걸음으로 엉기적거리면서 들어서는 인물은 울제국의 관리들이 즐겨 입는 검게 물들인 비단으로 지은 흑단령(黑團領)을 제대로 갖추어 차려입은 사십대 중반의 서장인이다.
 흑단령은 입기가 불편해서 관리들은 보통 집에서는 편한 옷을 입고 있으나 이 서장인은 낯선 방문객에게 자신의 위엄을 과시하고 싶었던 모양이다.
 진운상은 서장인을 보는 순간 그가 자신들이 만나러 온 인물, 즉 울제국 내각(內閣) 중서사인(中書舍人)일 것이라고 짐작했다.
 동글한 얼굴에 머리에는 작은 관(冠)을 썼으며, 양쪽 입가와 턱에 세 가닥의 수염을 기른, 마치 눌러놓은 원숭이 같은 용모를 지녔다.
 서장인, 즉 내각 중서사인은 진운상과 유정의 모습을 이리저리 훑어보지만 그다지 경계하지는 않은 듯했다.
 하지만 진운상과 유정이 최고급의 복장을 하고 각종 보석으로 치장을 한 모습을 보고는 뜻밖이면서도 흥미가 당기는 표정을 지었다.
 중서사인은 잠시 동안 머리를 굴려봤으나, 이런 대부호 차림의 한족이 자신을 찾아올 이유를 생각해 내지 못했다.
 뇌물을 받고 청탁을 하는 것도 평소에 해보던 사람이 능란하게 잘하는 것이지, 중서사인 같은 직책은 청탁하고는 거리가 멀다.
 원래 내각이란 황제의 직속으로서 황제의 명령을 각 주요 통치 조직에 전달하고 또 통치 조직들 간의 알력을 조절하는 역할을 수행하는 곳이다.
 얼핏 들으면 대단한 기능을 하는 것 같지만, 실상은 내각의 최고 우두머리인 대학사(大學士)가 정오품(正五品)이고, 대학사의 심복 격인 중서사인은 종칠품(從七品)에 불과하다.
 중서성 수장인 승상이 정일품(正一品)이고, 육부의 상서가

정이품(正二品), 칠군도독부의 도독이 정일품(正一品)인 것에 비교하면, 내각의 대학사와 중서사인은 별것 아닌 지위라고 할 수 있다.

하지만 황제의 칙명을 직접 다루고 주요 통치 조직들의 관계를 조정하는 임무는 매우 중요한 직무다. 맡은 직무에 비해서 지위가 낮은 것이다.

진운상과 유정은 의아한 표정을 짓고 있는 중서사인에게 정중히 포권을 했다.

"소인 상운진과 정유가 중서사인 대인께 인사드립니다."

진운상은 자신과 유정의 이름을 거꾸로 소개했다.

그의 정중함이 마음에 드는지 중서사인은 조금 느긋해진 얼굴로 물었다.

"그대들은 누구며 내게는 무슨 볼일이신가?"

제법 유창한 한어를 구사하는 중서사인이다.

"소인들은 강남에서 장사를 하고 있는 상인입니다. 중서사인 대인께 부탁이 있어서 찾아뵈었습니다. 부디 소인들의 말씀을 들어주십시오."

그러자 중서사인의 눈이 반짝 이채를 발했다. 화려한 행색의 상인이 불쑥 찾아와서 '부탁'이 있다고 말한다. 관리에게 부탁이 있다는 것은, 즉 '청탁'인 것이다.

중서사인은 내각에 몸을 담은 지 이 년이 넘었지만 지금껏

한 차례도 청탁을 받아본 적이 없었다. 내각이라는 곳은 그만큼 청탁하고는 거리가 먼 직책이다.

"무… 슨 부탁이오?"

그렇게 묻는 중서사인의 목소리가 가늘게 떨렸다. 난생처음 받아보는 청탁에 감격했기 때문이다. 오죽하면 의자에 앉는 것마저도 잊고 있을 정도다.

진운상은 더욱 공손하게 예의를 갖추었다.

"소인들은 수십 년 동안 강남에서 외국과의 교역만을 했는데, 이번에 이곳 황도에 진출해 보려고 합니다. 그런데 황도에 대해서는 모르는 것투성이라서 대인께 도움을 부탁드리려는 것입니다."

"무슨 도움을?"

"우선 이것을……."

쿵!

진운상은 말하기에 앞서 탁자 아래에 놓아두었던 그리 크지 않은 옥함(玉函)을 탁자에 올려놓았다.

탁자가 묵직하게 흔들리는 것으로 미루어 옥함 안에 꽤나 무거운 물체가 들어 있음을 알 수 있다.

그것을 보면서 중서사인은 극도로 긴장하여 마른침을 꿀꺽 삼켰다.

옥함의 크기는 가로 세 뼘에 세로 두 뼘 정도다. 만약 거기에 돈이 가득 들었다면 아무리 못해도 만 냥은 될 것이다.

중서사인의 한 달 녹봉이 은자 백 냥이다. 꽤 많은 액수인 것 같지만, 울제국의 다른 관리들처럼 보란 듯이 떵떵거리면서 최상류층 흉내라도 내고 살려면 턱없이 부족한 액수이기도 하다.

만 냥이면 은자 이백 냥이다. 중서사인의 두 달치 녹봉에 해당하는 거액인 것이다.

그런 꿈에 부푼 계산을 머릿속으로 하고 있는 중서사인은 옥함 안에 있는 것이 정말 돈이라면, 이들 낯선 장사꾼이 무슨 청탁을 하더라도 무조건 다 들어주겠다고 마음속으로 다짐했다.

"약소합니다만 소인들의 조그만 성의로 아시고 대인께서 받아주시면 감사하겠습니다."

척!

진운상이 태연하게 옥함의 뚜껑을 여는 순간 중서사인은 눈이 화등잔처럼 부릅떠지고 입이 찢어질 듯 딱 벌어졌다. 심장이 그대로 멎어버리는 충격이다. 그런 충격은 생전 처음이고, 그런 것 때문에 사람이 죽을지도 모른다는 사실을 알게 되었다.

옥함 안에서 누렇게 반짝이고 있는 것은 금이었다. 더구나 작은 금화가 아닌 금원보(金元寶)가 빼곡하게 가득 들어차 있는 것이다.

옥함 안에 구리돈이 만 냥쯤 들었을 것이라고 지레짐작을 하여 헤벌쭉했던 중서사인은 그야말로 졸도하기 직전의 상태가 되었다.

저 정도 금원보를 은자로 환산한다면 십만 냥은 족히 되고도 넘칠 것이다.

그런데 그것을 구리돈으로 환산하면 그것은 그의 머리로는 더 이상 계산이 되지 않았다.

중서사인은 눈이 휘둥그렇고 입을 커다랗게 벌린 채 금원보에서 시선을 떼지 못했다.

그는 자신이 지금 꿈을 꾸고 있는 것인지도 모른다는 생각이 들었다. 이런 일은 현실에서는 절대로 일어날 수 없기 때문이다.

지금이 어떤 상황인지, 이곳이 어딘지도 망각했다. 보이는 것은 오직 금원보뿐이고, 머릿속은 뭉글뭉글 오색구름 같은 것으로 가득 찼다.

중서사인을 쳐다보는 진운상의 입가에 보일 듯 말 듯 미소가 스쳤다.

"이… 이것을… 정말로 내게 주는… 것이오?"

한참이 지나서야 중서사인은 간신히 정신을 수습하고는 금원보와 자신을 번갈아 가리키며 확인을 했다.

"그렇습니다."

진운상은 미소를 지으며 공손히 대답한 후에 아예 대못을 콱 박았다.

"소인의 부탁을 들어주신다면 이것의 열 배 정도 더 보답을 할 생각입니다."

"여, 여, 열 배!"

중서사인은 혼비백산한 얼굴로 비틀거리다가 결국은 그 자리에 퍼질러 앉아버렸다.

"이것입니다."

진운상은 탁자에 한 장의 종이를 조심스럽게 펼쳤다.

종이에는 서장인들의 이름 이십여 개와 그 옆에 그들의 신상명세에 대해서 자세히 적혀 있었다.

그것은 진운상과 유정이 울제국 내각 중서사인에게서 조금 전에 받아온 것이다.

탁자 앞에 앉아 있는 기개세는 종이에 적힌 이름들을 한차례 훑어보았다.

"이반이 조만간 기용하려고 하는 차기 최측근 중신들이 이 자들인가?"

"중서사인의 말로는, 확실하지는 않지만 현재 물망에 오르고 있는 자들이라고 합니다."

포섭 계획 67

탁자 맞은편에 서 있는 진운상은 종이를 가리키며 공손히 대답했다.

"중서사인의 말에 의하면, 이반이 내각 대학사와 의논을 많이 한다고 합니다."

"음."

"이곳에 따로 표시를 한 자들은 물망에 오른 자들 중에서도 기용될 확률이 높다고 합니다."

기개세는 종이를 손에 쥐고 진운상과 유정을 쳐다보며 미소 지었다.

"수고했다."

진운상과 유정이 한 조가 되어 시작한 이번 일은 통박당에서 처음으로 나온 두 개의 계획 중 하나다.

중서사인을 통해서 알아낸 이름들은 이반이 자신의 최측근 중신으로 기용하려고 물망에 올려놓은 자들이다.

그래서 천검신문은 그들이 기용되기 전에 다방면으로 손을 써서 매수를 하던가 약점을 잡는 것이 목적이다.

그것이 성공하면 이반이 엄선한 최측근들을 기개세가 마음대로 조종할 수 있게 될 것이다.

통박당이 내놓은 또 하나의 계획은 울전대에 대한 '인간적인 측면에서의 접근'이며, 현재 천라대가 총력을 기울여서 파헤치고 있는 중이다.

실내에는 혼자 탁자 앞에 앉아 있는 기개세와 맞은편에 서 있는 진운상과 유정, 그리고 기개세 옆에 서 있는 춘몽 네 사람이다.

기개세가 춘몽에게 종이를 건넸다.

"몽아, 천라대와 연계해서 이자들에 대해서 상세히 조사한 후에 접근할 방법을 마련하도록 해라."

춘몽은 두 손으로 공손히 종이를 받으면서 깊숙이 허리를 굽혔다.

이제부터 그녀는 방법을 구상하고, 천라대는 발로 뛰게 될 것이다.

"명을 받듭니다.'

그녀는 일전에 동해 바닷가 어촌 마을에서 절망적인 상황에 처해 죽을 뻔했다가 기개세에 의해서 구사일생 살아난 이후 완전히 다른 사람이 되었다.

예전에 그녀는 기개세라면 목숨을 바칠 정도로 충성스러웠다. 그런데 그 일이 있고 난 후에는 예전의 충성심하고는 비교도 되지 않을 정도로 기개세를 따르고 존경하며 맹종하고 있다. 백 번 죽었다가 다시 태어난다고 해도 백 번 다 기개세를 위해서 죽을 수 있는 심정이다. 기개세에 대한 그녀의 충성심은 누구도 따르지 못할 정도다.

통박당에는 따로 당주가 없지만 은연중에 춘몽이 지도적

인 역할을 했다.

천검신문 내에서의 비중도 그렇고 경험적인 면에서도 그녀가 다른 네 사람보다 훨씬 낫기 때문이다.

"주군."

그때 천라대 북경 지부주인 사록의 심복 부지부주가 서두르는 기색이 역력한 모습으로 실내에 들어섰다.

"무슨 일이냐?"

"지부주가 울전대를 조사하던 중에 아무래도 적에게 붙잡힌 것 같습니다."

기개세의 얼굴이 흠칫 변했다. 그가 알고 있는 사록은 매사에 용의주도하고 무위도 썩 괜찮은 수준이다. 그가 붙잡혔다는 것은 뜻밖의 일이다.

"자세히 설명해라."

"지부주는 울황고수와 연관이 있는 것으로 짐작되는 자의 집에 잠입하여 조사하던 중에 연락이 두절됐습니다. 여러 정황으로 미루어봤을 때 제압되어 어딘가에 감금되어 있는 것 같습니다."

천검신문의 모든 수하들이 그렇지만, 사록은 특히 열성적으로 일했다.

더구나 자신이 담당하고 있는 북경성에서 하늘처럼 존경하는 태문주를 직접 모시고 있다는 사실 때문에 신바람이 났으며, 기개세의 명령 하나하나를 불속으로 뛰어들 듯이 맹렬하게 실행했다.

"그곳은 한 채의 장원인데 울황고수와 깊은 관계가 있을 것으로 추정되는 여자가 살고 있습니다."

울황고수는 울전대 고수를 가리키는 호칭이다.

"한족 여자냐?"

"그렇습니다."

"사록이 장원에 들어간 지 얼마나 지났느냐?"

"하루가 지났습니다."

천라대 고수들은 정보를 수집하는 과정에서 남의 집에 잠입하여 오랜 시간 동안 은신하는 경우가 왕왕 있다.

하지만 그럴 때에는 잠입하기 전에 반드시 그것에 대해서 동료나 상사에게 미리 언질을 해두기 때문에 밖에 있는 사람들은 그에 대한 대비를 할 뿐이지 걱정은 하지 않는다.

그런데 사록은 사전에 그런 언질이 없었다. 즉, 잠시 들어갔다가 나오겠다는 의도였다. 그러므로 사고가 났을 것이라고 추측하는 것이다.

"음······."

기개세가 매우 심각한 표정을 짓자 부지부주 강평(姜平)은 가슴이 뭉클했다.

태문주가 일개 말단 수하를 진심으로 걱정하는 모습을 목격한다면 어느 수하든 감격할 것이다.
 잠시 침묵이 흘렀다. 기개세를 비롯한 모두들 심각한 표정으로 생각에 잠겼다.
 "몽아, 네 생각은 어떠냐?"
 잠시 후 기개세가 생각을 멈추고 춘몽에게 물었다.
 "사록 정도의 무위를 갖춘 사람을 제압했을 정도라면 필시 평범한 울고수가 아닐 거예요."
 천라대 당주 급인 지부주 정도 되면 강호에서도 상에 속하는 일류고수 수준이다.
 그러므로 춘몽의 말대로 사록을 제압한 자라면 평범한 울고수는 아닐 것이다.
 춘몽이 공손하고도 조심스럽게 말을 이었다.
 "이런 경우는 처음이에요. 더구나 지금은 평소하고는 달리 북경성 전역이 팽팽한 긴장으로 가득한 상황이에요."
 그녀의 말을 알아듣지 못하는 사람은 없다. 천라대 고수가, 즉 천라고수가 정보를 수집하는 과정에서 적에게 제압된 경우는 이번이 처음이었다.
 그것은 천라고수들이 그만큼 완벽할 정도로 철저하게 정보 수집을 하고 있다는 뜻이다.
 그리고 지금 북경성은 며칠 전하고는 달리 거리마다 찬바람이 쌩쌩 불고 있다.

한겨울이니까 찬바람이 부는 것은 당연하지만, 이것은 그런 바람이 아니라 감시와 긴장의 칼바람이다.

그러나 그것을 보통 사람들은 전혀 느끼지 못한다. 칼바람을 일으키는 자들이 평범하지 않기 때문이다.

하지만 무림인이라든지 천검신문 사람들은 그 칼바람을 생생하게 온몸으로 느끼고 있다.

어딜 가도 감시의 눈초리가 번뜩이고, 숨소리마저도 감지하려는 수많은 귀가 보이지 않는 곳에 숨어 있었다.

실제로 울제국은 예전에는 하지 않았던 조사까지 실행하고 있는 상황이었다.

즉, 하급 관리들과 울군사, 울고수 수십 명으로 편성된 많은 조직이 황책(黃册)과 어린도책(魚鱗圖册)을 가지고 북경성 구석구석 가가호호마다 돌면서 백성들의 머릿수를 한 명씩 일일이 맞춰보고 있는 것이다.

황책이란 중원 천하 전체의 호구(戶口)를 등재한 인구대장(人口臺帳)으로써, 백성들의 이름을 적은 인구대장을 노란 종이로 봉한 데서 '황책'이라는 이름이 유래하고 있다.

어린도책은 중원 천하 각처 백성들의 토지를 측량한 후에 그 땅을 그림으로 표기한 토지대장(土地臺帳)인데, 그 모양이 물고기 비늘 같은 데서 유래한 이름이다.

원래 황책과 어린도책은 대명제국 초기에 백성들의 수를

엄격하게 파악해서 세금과 부역을 부과하는 기준으로 삼기 위해서 작성했었다.

그런데 지금은 울제국이 북경성에 숨어 있는 천검신문 고수들을 적발해 내기 위해서 황책과 어린도책을 이용하고 있는 것이다.

뿐만 아니라 명 초에 정리된 양장제(糧長制)와 이갑제(里甲制)라는 것이 있었다.

이갑제는 백성들의 집 백십호(百十戶)를 일리(一里)로 정하고, 일리를 십갑(十甲)으로 나누어서, 그중에서 재력이 뛰어난 부자들을 선출하여 이장(里長)과 갑수호(甲首戶)에 임명했는데, 그들로 하여금 일리와 십갑 내의 백성들을 통제, 감시하도록 했다.

그런 이장과 갑수호들이 지금은 울제국의 울고수와 울군사들의 길잡이가 되어 북경성 내 가가호호를 이 잡듯이 뒤지고 있었다.

물론 한족인 이장과 갑수호들이 자발적으로 울제국을 돕는 것은 아니다.

하지만 돕지 않거나 거짓으로 돕는 척했다가는 중벌을 면하지 못하기 때문에 어쩔 수 없이 앞장서는 것뿐이다.

북경성 전역이 이런 상황이기 때문에 천검신문 사람들, 특히 천라고수들은 정보를 수집하는 일에 각별히 조심하지 않을 수가 없었다.

춘몽은 씁쓸한 얼굴로 중얼거렸다.

"사록이 조심하지 않았군요."

그녀는 기개세에게 '어떻게 했으면 좋겠다'라고 제시하지는 않았다.

그러나 그녀의 말속에는 사록을 포기하는 것이 좋겠다는 의미가 충분히 내포되어 있었다.

기개세는 처음에 보고를 받았을 때 사록을 어떻게 할 것인지 이미 결정했었다.

다만 그가 요즘 들어서 일을 독단적으로 결정하는 것보다는 될 수 있는 대로 주위의 의견을 수렴해서 신중하게 결정하자는 쪽으로 습관을 들이려고 하는 중이라서 춘몽의 의견을 물었던 것이다.

그렇게 해서 만약 자신의 결정보다 월등한 방법이 나오면 그것을 채택한다. 하지만 지금 같은 경우에 춘몽은 더 나은 해결책을 내놓지 못했다.

다시 무거운 침묵이 길어지자 부지부주는 초조한 표정을 감추지 못했다.

"사록을 구하겠다."

그때 기개세가 나직이 중얼거리면서 일어섰다.

그와 동시에 조마조마하던 부지부주의 만면에 환한 표정

이 파도처럼 번졌다.

"이런 말씀 드리기 송구하지만, 주군이시라고 해도 울전대에 일단 갇히면 벗어나실 수 없을 거예요."
춘몽은 사록을 구하러 떠나려는 기개세를 붙잡고 같은 말을 거듭했다.
그녀는 율가륵이 가장 총애하는 부인 천신녀 모녀를 납치하고 나서 울전대를 동해로 유인하는 과정에서 당했던 일을 죽을 때까지도 절대로 잊지 못할 것이다.
평생 그처럼 뼈아프고 참혹했던 경험은 그때가 최초이고 또 마지막일 것이다.
춘몽은 다시는 기억하고 싶지 않은 그때의 상황을 이미 기개세에게 자세히 설명했었다.
그 당시 그녀가 이끄는 마정협군 삼천 명의 최정예 고수는 변변히 저항다운 저항조차 해보지 못한 채 지리멸렬하다가 끝내 전멸을 당했다. 생존자는 그녀와 옥마제를 비롯한 삼십여 명에 불과했다.
원래 계획은 울전대를 바다로 유인한 후에 배에 구멍을 뚫어 수장시키는 것이었다.
그런데 그녀와 마도고수 삼천 명은 바다에 배를 띄워보지도 못하고 땅에서 울전대에게 추격을 당했다.

덜미가 잡혔다고 여긴 순간 울전대는 순식간에 마도고수들을 포위해 버렸다.

그리고 춘몽이 정신을 차렸을 때에는 이미 마도고수 절반 이상이 죽은 이후였다.

춘몽의 설명에 의하면, 울전대는 전귀(戰鬼)라는 것이다.

전귀, 즉 전쟁의 귀신들이라는 뜻이다. 얼마나 싸움을 잘하면 춘몽이 그런 표현을 했겠는가.

그러므로 춘몽은 행여 함정일지도 모르는 곳에 기개세를 보내고 싶지 않은 것이다.

그녀는 대전을 나서는 기개세를 졸졸 따르면서 귀찮을 정도로 잔소리를 해댔다.

"꼭 가시겠다면 두 분 부인과 함께 가시는 게 좋겠어요. 그리고 저도 주군을 따라가겠어요."

위급한 상황에 처하면 터럭만큼이라도 도움이 되고 싶은 춘몽이다.

기개세는 뚝 걸음을 멈추고는 돌아서서 춘몽의 펑퍼짐한 궁둥이를 힘껏 때렸다.

철썩!

"너 자꾸 귀찮게 굴면 남경성으로 보내 버리겠다."

직후 춘몽은 궁둥이가 얼얼한 것을 느끼면서 그 자리에 묵묵히 서서 기개세가 멀어지는 모습을 지켜보기만 했다.

천신만고 끝에 주군 곁에 머무르게 됐는데 이제 와서 세 치 혓바닥 때문에 쫓겨갈 수는 없는 노릇이다.
  그러나 안타까운 마음 때문에 가슴속에서 천불이 나는 것은 어쩔 수 없었다.
  기개세는 착잡한 얼굴로 망부석이 돼버린 춘몽을 남겨두고 휘적휘적 전문을 향해 걸어갔다.
  그때 그의 뇌리를 울리는 심어가 있었다.
  [조심하세요.]
  [호홋! 다녀오시면 오늘 밤에 예뻐해 드릴게요.]
  연공실에서 육대명왕을 가르치고 있는 아미와 독고비가 보낸 심어다.
  그녀들은 기개세를 조금도 걱정하지 않았다. 굳게 믿고 있기 때문이다.

  땅거미가 깔리고 있는 저녁나절.
  [저깁니다.]
  천라대 북경 지부 부지부주 강평은 골목 어귀에 몸을 감춘 상태에서 한 채의 장원을 가리키며 전음으로 말했다.
  골목 어귀에서 칠십여 장쯤 떨어진 길가에 위치한 아담한 규모의 장원이다.
  강평 옆에 서 있는 기개세는 장원을 아무리 살펴봐도 평범하기만 할 뿐 별달리 눈에 띄는 것이 없었다.

[지부주는 저 장원에 들어간 이후 나오지 않았습니다. 이곳을 지키고 있는 수하들에 의하면 지부주가 들어가고 나서 장원에 살고 있는 사람들 외에는 아무도 출입한 사람이 없다고 합니다.]

강평이 다시 공손한 어조로 설명했다. 사록이 이끌고 간 천라고수 두 명이 장원 주위에서 지키고 있었으며, 그들은 장원의 전문만 감시한 것이 아니었다.

그들이 감시하고 있는 한 장원을 드나드는 쥐새끼 한 마리조차 놓치지 않았을 것이다.

그렇다면 사록은 장원 안에서 무슨 일을 당한 것이 분명하다. 누군가에게 제압되지 않았다면 그가 밖으로 나오지 않을 이유가 없었다.

사과가 맛있는지 아닌지는 먹어봐야만 알 수 있다. 겉으로 보기에 평범한 장원 역시 속을 알아내자면 잠입하는 수밖에는 없다.

[강평, 잠시 물러가야겠다.]

기개세는 장원에서 시선을 떼지 않은 채 심어로 명령했다.

사록이 장원 안에서 누군가에게 제압된 것이 맞는다면, 적들은 장원 밖에서 천라고수들이 감시하고 있다는 사실도 이미 알고 있을 것이다.

그런데도 천라고수들을 그대로 놔두었다. 그것은 필경 사록을 구하러 올 누군가를 장원 안으로 유인하기 위해서일 것이다.

어쩌면 지금 기개세가 와 있는 것까지도 지켜보고 있을지 모르는 일이다.

다만 지켜보고 있는 자가 기개세의 신분을 모르고 있을 가능성이 크다.

그러므로 이것은 함정일 가능성이 크다. 그것을 알면서도 기개세는 사록을 구하러 장원에 들어가야만 한다.

하지만 기개세에게도 방법이 있다. 지켜보는 자들이 있을 것이라고 짐작하면서도 버젓이 들어가지는 않을 것이다.

그는 잠시 청력을 돋우어 주위의 기척을 감지했다. 그러나 이곳은 사람의 왕래가 많은 곳이라서 지켜보고 있는 자들을 콕 찍어서 감지해 내는 것이 쉽지 않았다.

그는 강평과 함께 발길을 돌려 거리를 걸어가면서 감청을 계속했다.

그자들에게 들키지 않고 장원에 잠입할 수 있지만, 그자들의 존재를 알아낸 후에 움직이는 것이 훨씬 유리할 것이라는 생각에서다.

세 호흡쯤 지났을 때 기개세는 장원 주변에서 다섯 명의 특이한 호흡을 감지해 냈다.

그들은 일체 움직이지 않는 상태고, 다른 사람들보다 호흡의 간격이 매우 길며, 마치 숨을 쉬지 않는 것처럼 숨소리가 극히 미약했다. 감시자들이 분명했다.

그때다. 기개세와 강평, 그리고 장원 근처에 있던 두 명의 천라고수가 두 방향으로 장원에서 멀어지자 암중의 감시자 다섯 명 중에서 두 명이 움직이기 시작했다.

즉, 그들 두 명은 기개세와 천라고수들을 미행하려고 은신처에서 벗어나는 것이 분명하다.

감시자들이 천라고수들의 동태를 파악하고 있었다면, 그전에도 미행을 시도했을 것이다.

하지만 미행은 실패했을 것이다. 천라고수들은 기개세가 머물고 있는 동풍장 근처에는 얼씬거리지도 않는다. 원래 사록만 동풍장에 출입을 한다.

현재는 사록이 제압됐기 때문에 부지부주인 강평이 동풍장에 왔던 것이다.

천라고수들은 천라대 북경 지부로 곧장 귀환하지 않고 북경성 내 거리를 뱅뱅 돌고 또 이집저집 최소한 대여섯 곳 이상을 들른다.

뿐만 아니라 천라고수들이 귀환하는 요소요소에 동료들이 지켜보고 있다가 미행이 있는지 없는지를 철저하게 살피기 때문에 천라고수를 제압할 수는 있을지언정 미행하는 것은 불가능한 일이다.

 기개세의 얼굴을 보고서도 감시자들이 별로 동요하지 않고 버젓이 미행하는 것으로 미루어 그가 누군지 모르고 있는 것이 분명했다. 그가 누군지 알았다면 이처럼 태연하게 미행하지는 못할 것이다.

 기개세와 강평은 복잡한 거리를 벗어나 어느 골목으로 접어들었다.

 그런데 어느 순간 골목 안쪽을 걸어가고 있는 것은 강평 혼자뿐이고 기개세의 모습은 보이지 않았다.

 삭.
 어느 지붕 위에 한쪽 무릎을 굽힌 자세로 기척없이 내려앉는 흑의 경장을 입은 인물이 있었다.

 그는 저만치 아래 골목 안을 걸어가고 있는 강평 쪽을 쳐다보았다.

 그러다가 약간 당황한 듯 주위를 두리번거리면서 무엇인가를 찾고 있는 듯하다. 아마도 갑자기 사라진 기개세를 찾고 있는 것 같았다.

 그러던 흑의인의 동작이 한순간 뚝 멈추었다. 입이 반쯤 벌어졌고 눈빛은 흐릿했다. 누군가에게 제압된 것 같았다.

 다음 순간 언제 나타났는지 그의 머리 위에서 기개세가 깃

털처럼 부드럽게 하강하다가 흑의인의 뒷덜미를 움켜잡고는 강평을 향해 훌쩍 날아갔다.

기개세는 흑의인을 강평에게 넘기자마자 즉시 수직으로 솟구쳐 올랐다.

두 명의 천라고수를 미행하고 있는 또 다른 감시자를 잡기 위해서다.

第百四十章

새장 속의 새

대사부

기개세와 강평은 사록이 감금되었을 것으로 짐작되는 장원으로부터 삼백여 장 이상 떨어진 어느 골목의 후미진 안쪽에 있었다. 그곳은 인적이 없으며 세 방향이 막힌 데다 어두컴컴했다.

두 사람 앞쪽 벽 아래에는 조금 전에 기개세와 천라고수를 미행했던 두 명의 흑의인이 무릎을 꿇은 채 앉아 있었다.

기개세는 이미 그들의 정수리에 천신기혼을 주입해서 심지를 제압해 놓았다.

이제 그들은 기개세가 손을 쓰지 않는 한 백치나 다름없는 상태다.
 〔너희는 누구냐?〕
 기개세의 물음에 두 명의 흑의인은 흐리멍덩한 눈으로 그를 올려다보다가 그중 한 명이 중얼거렸다.
 "울황위전신대 소속 울황호위총부(兀皇護衛總府) 휘하 제육십이호위단(第六十二護衛壇)의 오십오호(五十五號)입니다."
 기개세로서는 처음 듣는 말이라서 의아할 수밖에 없다.
 〔울황호위총부는 무엇을 하는 조직이냐?〕
 "울황위전신대를 호위하는 조직입니다."
 울황위전신대, 즉 울전대를 호위하는 조직이 있다는 말은 금시초문이다. 이것은 뜻밖의 수확이지만, 뜻밖의 충격이기도 했다.
 흑의인 오십오호가 실토한 것들을 정리하면 이렇다.
 울황호위총부는 전적으로 울전대만을 호위하는 울고수들의 조직으로 무려 오만 명으로 이루어져 있다.
 휘하에는 모두 백 개의 단 백단(百壇)이 있으며, 각 일단은 오백 명이며 백 명의 울황고수를 담당한다. 즉, 다섯 명이 울황고수 한 명을 맡고 있는 것이다.
 그들을 '울호위호고수(兀護衛號高手)'라고 하는데, 줄여서 '울호'라고 한다.
 예를 들면, 지금 심지가 제압된 두 명의 흑의인을 '울오십오호'와 '울오십사호'라고 부르는 식이다.
 울전대가 출동을 하면, 자연히 울황호위총부도 출동을 한다고 한다.
 그렇다면 지난번에 울전대가 춘몽의 마정협군 최정예 고수 삼천 명을 전멸시킬 때 근처에 울황호위총부도 함께 있었다는 얘기가 된다.
 울황호위총부는 울전대를 호위하는 조직이지만, 때에 따라서는 울전대의 하부 조직으로도 활동한다.
 울전대는 최고 우두머리인 대주 '울일신(亐一神)', 즉 '울황태신(亐皇太神)'이라고 불리는 인물부터 '울만신(亐萬神)'까지 일만 명으로 이루어져 있다.
 울황호위총부 휘하에 있는 백 개의 단은 제일단이 울전대 울일신부터 울백신까지 백 명을, 제이단이 울백일신부터 울이백신까지 백 명을, 그렇게 한 개의 단이 백 명의 울황고수를 호위하는 식이다.
 그러므로 지금 기개세가 제압한 두 명의 흑의인이 소속된 울황호위총부 제육십이단의 울오십일호부터 울오십오호까지는 '울육천이백오십신'을 호위하고 있으며, 이들은 그중에 울오십사호와 울오십오호인 셈이다.
 '울육천이백오십신'은 얼마 전에 우연히 거리에서 우연히 눈에 띈 한족 어린 소녀가 마음에 들어 그녀를 자신의 여자로 삼았다.

한족 소녀네 집은 몹시 가난했기 때문에 울육천이백오십신이 그녀를 자신의 여자로 만드는 데에는 얼마쯤의 돈만 있으면 됐다.

그는 한족 소녀네 가족에게 번듯한 집을 사주고 매달 은자 이십 냥씩 정기적으로 대주고 있다.

그의 능력이라면 그보다 훨씬 더 많이 줄 수도 있지만, 원래 가축에게 먹이를 많이 주면 게을러지는 법이라서 먹고살 만큼만 주는 것이다.

그리고 가족들이 살고 있는 집에서 성 반대쪽에 아담한 장원 한 채를 구입해서 그와 소녀는 살림을 차렸다.

하인과 하녀 각기 두 명씩만 두어 소녀와 살림을 돌보게 하고, 그 자신은 일이 없을 때에는 장원에서 소녀하고 부부처럼 지냈다.

[장원에 잠입했던 사람은 어떻게 되었느냐?]

기개세가 가장 중요한 질문을 했다.

강평은 기개세가 무엇을 묻는지 알 수 없지만, 울호의 대답은 들을 수 있다.

"제압해서 장원 내 늠균(廩困:쌀 창고)에 가두었습니다."

[누가 제압했느냐?]

"우리가 했습니다."

강평은 오십오호가 사록에 대해서 말하고 있다는 것을 깨달았다.

[몇 명이 그를 제압했느냐?]

"오십일호와 오십삼호 둘이서 제압했습니다."

기개세의 표정이 가볍게 변했다. 천라대 북경 지부주 사록을 울호 두 명이 제압했다는 것은, 그들 각자의 무위가 사록과 비슷하거나 그보다 고강하다는 뜻이다.

그보다 더 놀라운 것은 그런 자들이 무려 오만 명이나 있다는 것이고, 그들은 여태까지 한 번도 드러난 적이 없었다는 사실이다.

강평은 얼굴 가득 놀라움을 떠올린 채 두 명의 울호를 쳐다보고 있었다.

기개세의 질문이 이어졌다.

[그를 제압한 사실을 누가 알고 있느냐?]

"우리 다섯 명만 알고 있습니다. 오늘 밤에 울육천이백오십신이 장원에 오시면 그때 보고를 드리고, 우리의 임무가 끝나 총부로 돌아가면 상전에게 보고를 드릴 예정입니다."

그 사실이 아직 보고되지 않았다니 다행스러운 일이다. 기실 그 이유는 이들 다섯 명이 특별한 일이 없는 한 장원 주변을 일절 떠날 수 없기 때문이다.

자정이 되면 두 명만 이곳에 남기고 세 명이 자신들의 거처인 총부로 돌아가는데 그때 상전에게 보고를 하게 된다.

사록이 제압된 후 울육천이백오십신이 아직 장원에 돌아오지 않았고, 이들도 임무가 끝나지 않았다는 사실이 다행이라면 다행한 일이다.

[너희들 총부는 어디에 있느냐?]

기개세의 마지막 질문이다. 울육천이백오십신이 오기 전에 사록을 구해야겠다는 생각이 들자 마음이 급해졌다.

[북경성 밖 동남쪽 홍교(紅橋) 근처 중군도독부(中軍都督府) 안에 있습니다.]

칠군도독부 중에서 북경성만을 전담 수비하는 곳이 중군도독부다.

그곳에는 이십만에 이르는 울군사들이 머물고 있는데, 바로 그곳에 울황호위총부가 있었다니, 그야말로 등하불명(燈下不明)이 아닐 수가 없다.

울군사 속에 섞여 있었으니 천라대로서도 파악하지 못한 것이 당연했다.

"……"

울오십사호는 눈을 껌뻑거렸다. 그는 지붕 위에서 한쪽 무릎을 꿇고 앉은 채 골목 안쪽을 내려다보는 자세를 취하고 있었다.

기개세와 강평을 미행하던 중에 지붕에 막 내려섰던 바로 그 자세다.

'두 놈 다 어디로 사라졌지?'

그는 재빨리 골목 어귀와 더 안쪽을 살펴봤으나 자신이 쫓던 기개세와 강평을 어디에서도 발견하지 못했다.

그는 기개세에게 제압됐던 순간부터 방금 전 깨어날 때까지의 일각 정도 사이에 벌어졌던 일을 터럭만큼도 기억하지 못했다.

그것은 다른 곳에서 두 명의 천라고수를 미행하다가 기개세에게 제압됐던 울오십오호도 마찬가지다.

'이런, 두 눈 뻔히 뜨고 놓치다니, 정신을 어디에다가 팔고 있는 것인가?'

울오십사호는 애꿎은 자신만 나무라고는 즉시 그곳을 떠나 장원으로 돌아갔다.

'울전대 만 명을 한 명씩 제거한다?'

장원에 잠입한 기개세는 천천히 뜰을 가로질러 늠균으로 걸어가다가 문득 그런 생각을 떠올렸다.

그러다가 그는 씁쓸한 얼굴로 고개를 가로저었다.

'하루에 한 명씩 제거한다고 해도 만 명을 모두 죽이려면 삼십 년이나 걸린다.'

턱도 없는 생각이다. 울황고수를 하루에 두 명씩 제거한다고 해도 무려 십오 년, 세 명씩이면 십 년. 역시 너무 오래 걸린다.

  더구나 말도 안 되는 것은, 울황고수들이 따로 흩어져 있을 때 죽여야 하는데, 그들이 어디에 틀어박혀 있는지를 먼저 다 알아내야 하는 어려움이 있다는 사실이다. 그것은 죽이는 것보다 더 난해한 일이다.

  그러므로 결국 울황고수들을 한 명씩 제거하는 것은 사실상 불가능한 계획이다.

  뚝!

  장원의 다섯 채 전각하고는 따로 뚝 떨어져 있는 늠균 앞으로 기개세가 다가가자 늠균 문을 잠근 두툼한 자물쇠가 저절로 열려서 땅에 떨어졌다. 그가 다가가면서 천신기혼을 발출하여 자물쇠를 연 것이다.

  장원을 지키고 있는 울호 다섯 명은 여전히 장원 안팎 곳곳에 은신하고 있다.

  하지만 기개세가 이미 심지를 제압해 놓았기 때문에 눈뜬 장님처럼 제자리를 지키고 있을 뿐이다.

  이 장원의 주인 울육천이백오십신은 아직 돌아오지 않았고, 장원 내에는 그자의 여자가 된 소녀와 하녀, 하인들뿐이므로 기개세를 방해할 자는 아무도 없다.

늠균 안은 코끝조차 보이지 않을 정도로 캄캄했으며, 쌀과 여러 종류의 곡식 자루가 꽉꽉 들어차 있었다.

기개세는 망설임없이 이리저리 돌아서 구석에 쓰러져 있는 사록을 어렵지 않게 발견해 냈다.

그는 혼혈이 제압된 상태로 짐짝처럼 웅크리고 있었는데, 기개세세가 가까이 다가가자 저절로 혼혈이 풀려서 스르르 눈을 떴다.

그리고는 자신의 앞에 우뚝 서 있는 기개세를 발견하고 소스라치게 놀랐다.

"……!"

그러나 아무 말도 하지 못했다. 놀라서 외치려고 하는데 말이 나오지 않았다. 기개세가 소리를 지르지 못하도록 아혈을 제압했기 때문이다.

눈을 끔뻑이던 사록은 자신이 울호들에게 제압됐던 마지막 순간을 떠올리고는 지금이 어떤 상황인지를 깨달았다.

그는 감격이 파도처럼 온몸을 엄습하는 것을 느꼈다. 울호들에게 제압됐을 때에는 이제는 끝이로구나 하는 생각에 모든 것을 체념했다.

그런데 설마 주군이 몸소 자신을 구하러 올 줄은 터럭만큼도 상상하지 못했었다.

만약 천라고수들이 적에게 제압될 경우에는 죽어도 입을

열지 않는다.

아니, 비단 천라고수들만이 그런 것이 아니라 모든 천검신문 고수들이 그렇다.

그러므로 사록이 입을 열지도 모를까 봐 기개세가 구하러 온 것은 아니다.

그것은 오로지 순수한 인간애이며 수하를 아끼는 마음에서 비롯된 것이다.

[주군.]

아혈이 풀리자 사록은 감격하고 황송한 표정으로 전음을 하며 무릎을 꿇었다.

그러나 그의 무릎이 바닥에 닿기도 전에 기개세에 의해서 스르르 몸이 일으켜졌다.

[어서 돌아가라.]

기개세가 빙그레 미소 지으면서 고개를 끄덕이자, 사록은 공손히 허리를 굽히고 나서 늠균을 나섰다.

사록은 늠균 안에서 한 번 죽었다가 기개세에 의해서 새롭게 부활했다. 늠균을 나서는 그는 가슴이 터질 듯한 감격에 사로잡혔다.

그는 장원에 자신을 제압한 자들이 있을 것에 대해서 추호도 염려하지 않았다.

주군이 가라고 했으니 그저 가면 되는 것이다. 주군이 다

처리했을 것이라고 굳게 믿기 때문이다.
 늠균 밖에 서 있는 기개세는 사록이 장원 담을 넘어서 사라지는 것을 확인한 다음에 장원의 다섯 채 전각 중에서 한곳으로 향했다.

 소녀는 당궤(唐机:작은 책상) 앞에 차분하게 앉아서 책을 읽고 있었다.
 아담한 체구에 희고 뽀얀 살결을 지닌 매우 아름다운 용모의 소유자다.
 또한 고즈넉하고 청순한 기품 중에 왠지 쓸쓸함이 일렁이는 것이 엿보였다. 그녀가 바로 이 장원의 안주인이다.
 그녀의 운명이 갑자기 바뀐 것은 그리 오래되지 않았다.
 넉 달 전 어느 날, 마을 이장이 찾아오더니 그녀의 부모에게 넌지시 어떤 제의를 하는 것이었다.
 울황궁의 높은 분이 이 집 딸을 몹시 마음에 들어하는데, 그녀를 그에게 주면 가족 모두가 죽을 때까지 호강을 하면서 편히 살게 될 것이라는 얘기였다.
 소녀의 부모는 그 제안을 거의 망설임 없이 받아들였다. 딸을 사랑하고 또 앞날을 염려하지 않는 것은 아니지만, 구복원수(口腹怨讐)라고, 목구멍이 포도청일 정도로 가난한 것이 죄라면 죄였다.

다른 집들은 딸자식을 은자 몇 냥에 팔아넘기기도 하건만, 가족을 평생 호강시켜 준다는 제안을 거절한다면 그런 기회는 평생에 두 번 다시 없을 것이라고 생각했다.

꿈 많은 열여섯 소녀는 고생으로 허리가 휠 지경인 불쌍한 부모님과 어린 세 명의 동생이 배불리 먹을 수 있다는 사실만으로 기꺼이 자신을 희생했다.

곱게 단장한 소녀가 이곳 장원에서 첫날밤에 맞이한 사람은 서장인으로 사십대 중반의 나이였다. 그녀의 아버지보다 여덟 살 많은 나이다.

소녀는 자신의 남편이자 주인이 된 서장인에 대해서 아는 것이 아무것도 없다.

단지 이름이 가파륵(加派勒)이고 울황궁의 관리라는 정도만 알고 있을 뿐이다.

서장인 가파륵은 소녀를 금이야 옥이야 예뻐해 주었는데 그럴 수밖에 없었다.

소녀는 누가 보더라도 단번에 사랑에 빠질 만큼 아름다운 용모와 몸을 지녔다.

가파륵은 밤낮없이 소녀의 몸을 원했다. 장원에 돌아오기만 하면 때와 장소를 가리지 않고 굶주린 이리처럼 그녀의 몸을 파고들었다.

하지만 그가 원하는 것은 소녀의 몸뚱이만이 아니었다. 그는 가정의 평온함과 따뜻함을 원했다.

그에게서는 이상한 기운이 흘렀다. 그것은 전쟁과 피의 냄새지만 소녀는 그런 것을 알지 못했다.

또한 그는 아무리 씻어도 지워지지 않는 삭막한 기운마저 풍겼다. 그래서인지 그는 사람과 정을 그리워했다.

그렇기 때문에 서장인 가파륵은 소녀가 원하는 것은 다 들어주었다.

하지만 소녀는 원하는 것이 많지 않았다. 그저 가족들이 굶주리지 않으면 그것으로 만족했다.

그녀가 마음속 깊은 곳에서 진실로 원하는 것은 가파륵이 들어주지 않을 것이기 때문에 입도 벙긋하지 않았다. 그녀는 자유를 원했다.

이곳에서의 생활 이후로 소녀는 벙어리처럼 말을 잃었다. 자신을 귀여워해주는 가파륵을 싫어하지는 않지만 그렇다고 좋아하지도 않았다.

가장 큰 첫 번째 이유는 자신의 남편인 가파륵이 서장인이기 때문이다.

서장인들은 평화로운 중원을 짓밟고 침탈하여 대명제국을 쓰러뜨리고 울제국을 세웠다.

그런 울제국, 아니, 서장인들을 미워하지 않는다면 한족이 아닐 것이다.

소녀는 서장인을 미워하면서도 서장인 가파륵을 남편으로 섬겨야만 했다.

또한 서장인 때문에 중원천하가 피폐해졌지만 서장인 남편 덕에 호의호식하게 되는 이율배반의 상황이 되었다.

두 번째는 소녀가 가슴속에 품고 있던 여린 꿈이 한순간에 사라졌다는 사실이다.

그녀가 아무리 가난하고 또 어리다고 해도 사람인 이상 꿈과 희망이 있었다.

그런데 그것이 그녀가 가파륵의 여자가 되는 순간 깡그리 사라져 버린 것이다.

그래서 소녀에겐 새로운 취미가 생겼다. 틈만 나면 책을 읽는 것이다.

가난한 살림살이에 겨우 까막눈을 면한 그녀는 새로운 생활에서의 힘겨움을 독서로 이겨내고 있었다.

지금 소녀는 가끔 책장을 넘기고 눈을 깜빡거릴 뿐 서책에서 눈을 떼지 않았다.

[낭자.]

그때 갑자기 소녀의 머릿속에서 누군가의 목소리가 잔잔하게 들렸다.

그러나 소녀는 그다지 놀라지 않았다. 그것은 마치 깊은 꿈을 꾸고 있다가 꿈속에서 아련하게 들려오는 목소리 같았기 때문이다.

[지금 낭자 앞에 나타날 테니까 놀라지 마시오.]

그런데 그 목소리가 다시 들렸다. 이번에도 역시 꿈속 같은 목소리인데 그 내용 때문에 소녀는 적이 놀랐다. 누군가 자신의 앞에 나타난다는 것이다.

그녀는 눈을 동그랗게 뜨고 급히 주위를 두리번거렸다. 자신이 꿈을 꾸는 것인지, 아니면 헛것을 들었는지 분간을 못하는 얼굴이다.

'아!'

순간 그녀는 자신의 바로 앞에 마치 신기루처럼 뭔가 눈부시고 부윰한 것이 나타나는가 싶더니 곧 한 청년의 모습으로 변하는 것을 발견하고는 입을 크게 벌리며 혼비백산한 표정이 되었다.

하지만 소리를 지르지 못했다. 어떻게 된 일인지 목소리가 나오지 않았다.

소녀는 당궤 건너편에 책상다리로 앉아 있는 청년 기개세를 발견하고는 너무 놀라서 두 손으로 바닥을 짚고 등이 바닥에 닿을 정도로 상체가 뒤로 넘어갔다.

기개세는 소녀를 바라보며 부드러운 미소를 지었다.

[나는 기개세라고 하오. 낭자를 해칠 사람이 아니니까 안심하시오.]

그러나 소녀는 더 놀랐다. 기개세가 입도 벙긋거리지 않았는데 자신의 머릿속에서 예의 그 꿈속에서의 말소리가 들려왔기 때문이다.

'아아······.'

소녀의 얼굴에 공포의 기색이 가득 떠오르자 기개세는 그녀에게 약간의 천신기혼을 불어넣어 주었다.

다시 말하지만, 그는 의기어신으로 마음만 먹으면 웬만한 것들은 허공을 격하고 다 할 수가 있다.

약간의 천신기혼은 소녀를 대담하게 만들어주었다. 갑자기 그녀는 자세를 바로 하고 기개세를 똑바로 주시하면서 입을 열었다.

"상공께선 누구신가요?"

그렇게 묻고 나서 그녀는 스스로 놀랐다. 예전에는 마음속에 있는 것은 그저 마음속에 담아두고만 있었는데, 지금은 마음속의 것을 거침없이 말하고 있기 때문이다. 그것이 바로 천신기혼의 힘이다.

[나는 천검신문의 태문주외다.]

기개세는 소녀에게 도움을 청할 생각이다. 그러기 위해서는 솔직하게 자신의 신분을 밝히는 것이 좋다.

"천검신문 태문주······."

아직 그 말의 뜻을 마음속으로 인지하지 못한 소녀는 나직이 입속으로 중얼거렸다.

"아!"

그러다가 한순간 눈을 커다랗게 뜨고 놀라면서 나직한 탄성을 토해냈다.

"저, 정말인가요?"

그녀는 믿을 수 없다는 표정을 지으면서 자신도 모르게 무릎을 꿇은 자세로 상체를 곧추세우고 두 손으로 당궤를 붙잡았다.

만약 천신기혼이 아니었으면 그녀는 입에 거품을 물고 그대로 혼절했을 것이다.

[그렇소.]

그렇다고 해도 소녀는 혼절을 할 정도로 놀라서 두 손으로 잡고 있는 당궤가 다각다각 소리를 내며 심하게 흔들렸다.

소녀는 당연히 천검신문 태문주를 본 적이 없다. 아니, 천검신문에 속한 사람은커녕 그것과 관계된 그 무엇과도 터럭만큼의 연관도 없는 삶을 살아왔다.

하지만 천검신문이 무엇인지, 그리고 천하 만민에게 어떤 존재인지는 알고 있다. 더도 덜도 아닌 세상 사람들이 알고 있는 만큼이다.

소녀가 알고 있는 천검신문 태문주는 신과 동격이다. 아니, 그 이상이다.

그런 태문주가 지금 그녀 앞에 홀연히 나타나서 늠연히 앉아 있는 것이다.

소녀는 눈을 커다랗게 뜨고 기개세를 말끄러미 주시했다.

보통 사람이라면 이런 엄청난 일이 자신에게 일어날 리가 없다고 단정적으로 생각한다.

하지만 소녀는 그럴 수도 있다고 생각한다. 때 묻지 않은 순수한 영혼을 지니고 있기 때문이다.

더구나 그녀는 기개세의 온몸에서 은은하게 뿜어 나오고 있는 상서로운 서기(瑞氣)를 보았다.

그녀는 그런 기운이 부처님이나 신에게서만 뿜어지는 것이라고 알고 있었다.

결국 그녀는 기개세가 천검신문 태문주가 틀림없다고 믿게 되었다.

그리고 그가 절대로 자신을 해치지 않고 또 거짓말을 하지 않을 것이라고도 믿었다.

"천신황제님……."

소녀는 잠꼬대를 하듯이 중얼거리면서 일어나 옷매무새를 가다듬고 절을 하려고 무릎을 굽혔다.

'천신황제'는 대명국이 천신국이었을 때 그곳 백성들이 천검신문 태문주를 부르는 칭호였다.

그런데 그 칭호를 중원 천하의 백성이라면 모르는 사람이 없었다. 만백성의 천신황제이기 때문이다.
 그러나 소녀는 기개세에게 절을 하지 못했다. 무릎을 굽히려는데 너무도 부드러운 기운이 그녀의 온몸을 감싸더니 살며시 바닥에 앉혀주었기 때문이다.
 그녀는 그것이 천신황제가 입을 벌리지 않고 생각을 전달하는 능력 외에 또 다른 능력이라고 생각했다.
 그녀는 격렬하게 콩닥거리는 가슴을 진정시키려고도 하지 않은 채 상기된 얼굴로 기개세를 바라보았다.
 "소녀를 구해주려고 오셨나요?"
 모든 사람들이 부처님에게 구원을 얻으려고 하듯이, 소녀 역시 기개세를 그렇게 여겼다.
 똑같은 신이기 때문이다. 자신의 간절한 기도가 하늘에 닿아서 천신황제가 자신 앞에 나타났다고 믿는 것이다.
 기개세는 조금 난감해졌다. 사실은 소녀의 도움을 받으려고 그녀 앞에 나타났는데 보자마자 구해달라고 한다.
 장원을 지키는 다섯 명의 울호는 여전히 제압해 놓은 상태다. 그리고 울육천이백오십신이 언제 들이닥칠지 모르는 상황이다.
 그렇기 때문에 소녀와의 얘기를 한시바삐 끝내야만 한다. 하지만 다짜고짜 기개세 자신의 목적만 관철시키려고 해서는 안 된다.

어떤 점에서는 소녀가 기개세보다 더 다급하고 절박한 처지일 수도 있는 것이다, 똑같은 사람의 평등심으로 볼 때는.

울육천이백오십신이 기개세의 이목을 속이고 느닷없이 이 방으로 들이닥치지는 못할 것이다.

당금 천하에서 그의 이목을 속일 수 있는 인물은 단 한 명도 없다고 단언해도 지나친 말이 아니다.

[무엇을 원하시오?]

소녀는 자신의 머릿속에서 울리는 기개세의 심어를 듣고 환한 표정을 지었다. 그러나 그녀는 곧 매우 조심스러운 얼굴로 머뭇거렸다.

"아주 어려운 일이에요."

[말해보시오.]

갑자기 소녀는 눈물을 흘리기 시작했다. 자신의 구차한 처지를 생각하니 눈물부터 쏟아진 것이다.

"흑흑! 소녀와… 가족들을… 천신국에서 살 수 있게 해주시면 안 될까요? 그것이 소녀의 소원이에요."

그녀가 말한 것처럼 '아주 어려운 일'은 아니다. 하지만 그녀에게는 평생의 소원이다.

이렇듯 세상이란 누구에겐 아무렇지도 않은 일이 어느 누구에겐 불가능한 일이기도 한 것이다.

기개세는 미소를 지으면서 선선히 고개를 끄덕였다.

[그렇게 해주겠소.]

그러자 소녀의 두 눈이 기개세를 처음 봤을 때보다 더 커다랗게 떠지며 얼굴 가득 기쁜 표정이 떠올랐다.

"감사합니다. 고맙습니다. 이 은혜를 어떻게 갚아야 할지······."

그녀는 기개세가 자신과 가족들을 천신국, 즉 대명국에서 살게 해줄 것을 추호도 의심하지 않았다.

[낭자.]

기개세는 씁쓸한 기분이 되었다. 지금부터 그녀에게 하려는 부탁이 어쩌면 조건처럼 들릴지도 모르기 때문이다. 아니, 필경 그럴 것이다.

"말씀하세요."

소녀는 방울방울 눈물을 흘리며 기개세를 바라보았다.

[낭자가 해주어야 할 일이 있소만······.]

"무엇이든 말씀하세요. 설사 소녀의 목숨을 원하신다고 해도 기꺼이 들어드리겠어요."

기개세는 빙그레 미소를 지었다.

[그런 것은 아니오.]

그는 어떻게 이야기를 시작할 것인지를 정리하고 나서 소녀를 똑바로 주시했다.

[낭자는 같이 살고 있는 사내가 어떤 신분인지 알고 있소?]

소녀는 쓸쓸한 얼굴로 고개를 가로저었다.
"몰라요."
기개세는 그럴 줄 알았다는 표정을 지었다.
[우선 그자에 대해서 설명해 주겠소.]
기개세가 두 사람 주위에 호신막을 쳐놨기 때문에 소녀의 목소리는 밖으로 일체 새나가지 않았다.

第百四十一章

감찰어사(監察御使)

대사부

"하아… 하아……."

소녀 정향(貞珦)은 온몸이 땀에 흠뻑 젖은 채 가쁜 숨을 토해냈다.

울육천이백오십신 가파륵은 흡족한 미소를 지으며 정향을 그윽하게 바라보았다.

"무슨 일이 있었느냐?"

"하아… 하아… 아무 일도 없었어요……."

눈부시게 흰 나신이 땀에 젖어서 마치 물에서 갓 건져 올린 한 마리 은어처럼 파득거리는 정향은 가파륵의 널찍한 가슴

위에 엎드려 그의 어깨에 뺨을 대고 할딱거렸다.

그녀는 오늘 밤에 여느 때와는 달리 가파륵과의 정사를 열성을 다해서 했다.

아니, 그녀가 일방적으로 매우 열심히 봉사를 했다는 표현이 옳았다.

가파륵이 처음 순결을 빼앗은 날부터 사흘 전 밤까지 정향은 언제나 사지를 늘어뜨리고 나무토막처럼 뻣뻣한 상태에서 그가 하는 대로 몸을 내맡긴 채 정사를 치렀다.

열여섯 살 어린 소녀가 공포에 질린 상태에서 생살이 찢어지는 고통을 맛보며 잃어버린 순결은 그녀에게 정사란 '고통스러운 행위'라는 아픈 각인을 새겨놓았다.

가파륵은 그 모습이 한없이 안쓰러우면서도 그녀와의 정사를 그만두지 않았다.

정향을 사랑하기 때문이다. 그의 사랑을 표현하는 방법은 정사를 하는 것이다.

그는 예전에는 정사를 좋아하지 않았었다. 금욕(禁慾)이라도 하는 것처럼 승려 같은 생활을 했을 정도다.

그런데 정향을 한 번 보고 난 이후, 그리고 그녀의 순결을 가져간 다음부터는 마치 정사를 하다가 죽을 사람처럼 미친 듯이 육욕을 탐닉했다.

정사를 하면 할수록, 그리고 정향의 가녀린 몸을 짓밟으면 짓밟을수록 그녀가 더욱 미친 듯이 사랑스러웠다.

그래서 가일층 정향의 육체를 갈구했다. 자신의 커다란 몸뚱이의 삼분지 일 밖에 되지 않는 자그마한 몸을 지닌 그녀의 몸속에 들어가면, 아예 자궁 속으로 들어가 버리고 싶다는 열망에 몸부림쳤다.

그래서 그것 때문에 정향은 더 고통스러웠다. 그녀는 매일 매일 순결을 잃는 것처럼 고통에 몸부림쳤다.

가파특이 자궁 속으로 들어가려고 몸부림칠수록 그녀는 사지가 해체되는 고통 때문에 짓밟히다가 죽을 것만 같은 공포에 떨어야만 했다.

정사라는 것은, 서로 마음 깊이 사랑하는 남녀가 치르는 성스러운 행위다.

그랬을 때 비로소 뭐라고 형언하기 어려운 희열과 쾌감을 온몸과 정신 가득 느끼면서 몸을 떨게 되는 것이다.

하지만 가파특을 조금도 사랑하지 않는, 그리고 자신의 팔뚝보다 더 큰 그의 음경을 자신의 여린 살 속에 쑤셔 넣어야 하는 정향으로서는 정사란 공포 그 자체이고 치러야 할 의무일 뿐이었다.

그런 그녀가 어쩐 일인지 오늘 밤은 열성을 다해서 가파특에게 봉사를 한 것이다.

그녀의 봉사는 숙련된 기교 만점의 기녀가 봤을 때는 한없이 보잘것없는 수준에 불과하다.

그러나 가파륵은 안다. 이 서툴고 엉망인 봉사가 정향의 눈물겨운 정성이라는 사실을 말이다.

"하아… 그동안 많은 생각을 했어요. 그리고는 이렇게 사는 것이… 소녀의 운명이라고… 생각하게 됐어요. 그래서 가파륵님을 평생 사랑하면서… 살자고 혼자 결심했어요."

정향은 가파륵의 가슴에 수북한 털을 만지작거리면서 부끄러운 듯이 말했다.

"향아……."

그러자 가파륵의 얼굴에 잔물결이 일고 굵은 목소리가 바람에 흔들리는 이파리처럼 떨렸다. 감동이다.

그는 가족이 없는 혈혈단신이다. 어릴 때부터 고아로 자라 지금 여기까지 오면서 고독이 자신의 그림자라도 되는 양 언제나 품에 껴안고 당연한 듯 살아왔다.

그래서 정향을 자신의 단 하나뿐인 가족이라 여기고 사랑했던 것이다.

가파륵은 자신의 마음이 마침내 이 어린 소녀이자 아내에게 전해진 것이라고 여겨 마음이 뿌듯했다.

여태껏 그녀의 껍데기만 강제로 소유하고 있었는데 이제야 마음까지 통하게 된 것이라는 생각에 날아갈 듯이 기쁜 마음을 금치 못했다.

"고맙구나."

가파륵은 가슴이 떨리는 것을 느끼면서 정향의 몸을 살며시 안아주었다. 조금만 세게 안으면 그녀의 몸이 으스러질 것만 같았다.

"사랑해요."

정향은 달콤하게 속삭이면서 가파륵의 입에 뜨거운 입맞춤을 했다.

울컥! 하고 가파륵의 목젖이 울렸다. 그리고 눈시울이 뜨뜻해졌다.

설사 하늘이 무너지고 울황제로부터 자결하라는 명령을 받는다고 해도 외눈 하나 까딱하지 않을 그를 이 조그맣고 어린 소녀가 울렸다.

평소에는 거짓말을 전혀 못하는 정향이 방금 전에는 거짓말을 했다.

하지만 지금은 격렬한 정사 직후라서 땀범벅인데다 얼굴이 빨갛게 달아오르고 숨이 차서 그녀가 거짓말 때문에 얼굴을 붉히고 말을 더듬고 있는 것이 드러나지 않고 너무나 자연스러웠다.

그는 끓어오르는 격렬한 감동의 감정을 또다시 정사로 이어가려 하고 있다. 그렇게 하는 것이 그의 사랑 표현 방법이다.

그가 자신의 몸 위에 엎드려 있는 정향의 엉덩이를 더듬자 그녀는 손과 하체를 움직여서 그의 음경이 더 잘 진입할 수 있도록 해주었다.

그녀는 이렇게 거짓말을 하고 싶은 사람을 받아들이는 일도 이제 얼마 남지 않았다고 스스로를 위로했다.

이런 짓은 그녀와 가족이 찬란한 행복과 약속의 땅 대명국에서 살기 위한 과정일 뿐이다.

그리고 천검신문 태문주를 위한 작은 보탬이 됐으면 좋겠다는 생각이다.

"아아… 향아……."

정향은 또다시 속살이 찢어지는 고통을 느꼈으나 추호도 내색하지 않았다.

아니, 오히려 흥분한 듯 짐짓 색색거리는 가쁜 숨을 토해내면서 가파륵의 입술을 더듬으며 속삭였다.

"아아… 소녀는… 사랑하는 당신에 대해서 더 많은 것을 알고 싶어요. 소녀가 사랑하는 사람이 누군지 말이에요. 말해주세요, 당신이 누군지."

"오냐. 네가 원한다면 뭐든지 말해주고 무엇이든 해주마. 나는 네 것이다, 향아……."

가파륵은 감동과 열에 들뜬 목소리로 말하면서 두 손으로 정향의 엉덩이를 움켜잡고 거세게 허리를 움직였다.

   *   *   *

 정향을 만나고 온 이후 기개세는 내내 마음이 무거웠다. 가련한 어린 소녀를 이용한다는 죄책감 때문이었다.
 하지만 지금으로썬 그 방법밖에 없다. 울육천이백오십신가파륵을 미행하는 것은 그다지 좋은 방법이 아니다. 그가 가봐야 자금성일 것이다.
 그러니 기개세가 자금성 안에 따라 들어가서 무엇을 어떻게 할 수 있겠는가.
 또한 가파륵 한 놈을 때려잡아 봐야 울전대 전체에 아무런 영향도 미치지 못한다.
 또한 그를 제압하는 것도 좋은 방법이 아니다. 그가 없어지면 울전대 전체가 들썩일 것이고, 그 여파로 인해서 북경성에 태풍이 불어 닥칠 것이기 때문이다.
 그러므로 일단은 울전대에 대해서 알아내야만 한다. 정보가 무엇이 됐든 간에 상관이 없다.
 뭐라도 알아내야지만 잔뜩 엉켜 있는 실타래를 풀어서 접근을 할 수가 있는 것이다.
 그렇지만 소녀 정향의 청초하고 가련한 모습이 기개세의 머리에서 떠나지 않고 맴돌았다.

그때 주소령이 방으로 들어와서 기개세를 살피며 조심스럽게 다가왔다.

그녀는 지난번의 난데없는 고백(?) 이후 부끄러움 때문에 기개세를 슬슬 피해 다녔다.

"오라버니, 이반의 부인 중에서 오라버니를 꼭 뵙고 싶다는 여자가 있어요."

"그게 누구냐?"

기개세는 주소령과의 일을 까맣게 잊고 있기 때문에 태연하게 물었다.

"오부인 다나(茶奈)예요."

기개세는 정향에 대해서 생각하고 있는 중이라 건성으로 물었다.

"그녀가 왜 날 보자는 것인지 아느냐?"

"모르겠어요. 다른 사람에게는 말할 수 없고, 오라버니를 직접 만나서 말씀드리겠다는군요."

그는 정향에 대한 생각을 대충 정리한 후에 고개를 끄덕이고 일어섰다.

"알았다. 가자."

"부탁이 있어요."

이반의 다섯째 부인 다나는 다소곳이 앉아서 두 손을 무릎에 모으고 사운거리는 목소리로 입을 열었다.
"말해보시오."
다나는 탁자 맞은편에 마주 보고 앉아 있는 기개세 옆에 서 있는 주소령을 바라보았다. 그녀가 있어서 말하기 곤란하다는 표정이다.

기개세가 고개를 끄덕이자 주소령은 축객이 못마땅한 듯 조그만 입술을 삐죽거리며 밖으로 나갔다.

주소령이 나간 후에도 다나는 말끄러미 기개세를 바라보면서 머뭇거렸다.

그녀는 전형적인 서장의 미녀다. 속눈썹이 유난히 길고 푸르스름한 눈이 마치 파란 하늘처럼 신비로웠다. 이반의 부인들은 하나같이 아름답지만, 그중에서도 다나의 미모가 단연 으뜸이다.

이윽고 결심을 한 듯 다나는 어렵사리 입을 열었다.
"저는 사랑하는 사람이 있어요. 그를 만나고 싶어요."
기개세로서는 전혀 예상하지 못했던 말이다. 그는 다나가 사랑한다는 사람이 남편인 이반이 아닐 것이라고 생각했다. 납치된 상황에서 남편을 만나고 싶다고는 말하지 않을 테니까 말이다.

"그는 패가수라고 해요."
다나는 말을 빙빙 돌리지 않고 곧바로 얘기했다.

기개세는 뜻밖이라는 표정을 지었다.
"이반의 동생 말이오?"
"네."
이반의 부인인 다나가 어째서 시동생인 패가수를 사랑한다는 것인지 모를 일이다.
다나는 슬픈 얼굴로 말했다.
"원래 저와 패가수님은 서로 열렬히 사랑하는 사이였어요. 그랬는데 사 년 전에 이반이 저를 강제로 욕보이고는 부인으로 삼았어요."
기개세는 고개를 끄덕였다.
"그랬구려."
"그렇지만 저는 한순간도 패가수님을 잊은 적이 없어요."
그녀는 눈물을 흘리기 시작했다. 지난 사 년 동안 패가수를 그리워하면서 흘렸을 그 눈물이다.
"저를 이반으로부터 구해주신 당신에게 진심으로 감사드려요. 이제야 저는 패가수님을 다시 만날 수 있는 희망을 갖게 되었어요."
기개세가 율가륵과 이반의 가족들을 자금성에서 납치한 것이 모두에게 나쁜 것만은 아니었다. 그 덕분에 다나는 이반에게서 벗어나게 되었다.
"저를 패가수님과 만날 수 있게 해주세요."

다나는 방울방울 눈물을 흘리면서 간절한 표정으로 기개세를 바라보았다.
기개세는 온화한 미소를 지었다.
"그건 곤란하오."
다나의 심정은 이해하지만 그녀의 부탁은 들어줄 수 있는 성질의 것이 아니다.
"저는 지난 사 년 동안 패가수님을 만난 적이 한 번도 없어요. 그분이 너무나 보고 싶어요. 흑흑……."
기개세는 다나가 아예 폭포가 쏟아지는 것처럼 눈물을 흘리는 것을 보며 마음이 무거워졌다. 하지만 안 되는 것은 안 되는 것이다.
털썩!
"제발 부탁해요!"
기개세가 일어서려고 하는데 갑자기 다나가 몸을 날려 그의 발앞에 무릎을 꿇었다.
그녀는 눈물범벅된 얼굴로 기개세를 우러러보며 간절하게 말했다.
"패가수님을 만나게 해주신다면 그분이 당신을 도울 수 있도록 하겠어요."
패가수가 기개세를 돕는다는 것은 자신의 형과 조국을 배신하는 일이다.

기개세가 알고 있는 패가수라는 사내는 일개 여자 때문에 절대 그럴 사람이 아니다. 다나는 얼토당토않은 소리를 하고 있는 것이다.

"저를 못 믿으시겠어요?"

다나는 기개세의 속내를 알고 있다는 듯 눈물 가득한 눈으로 바라보았다.

"그대를 못 믿는 것이 아니라 패가수를 못 믿는 것이오. 그는 그럴 남자가 아니오."

"그분은 저의 모든 것이었고, 저는 그분의 모든 것이었어요. 우리는 서로에게 절대적이었어요."

다나는 눈물을 그쳤다. 자고로 진실을 말할 때의 여자는 울지 않는 법이다.

그 대신 온몸으로 진실을 쏟아낸다. 그중에서도 빛나는 눈이 더욱 그렇다.

"저는 그분을 위해서라면 무엇이라도 할 수 있어요. 그분 역시 그래요. 제가 원하는 것이 당신을 돕는 것이라면 그분은 기꺼이 그럴 거예요."

기개세는 빙그레 미소 지었다.

"예전에는 그랬을지 모르지만 그것은 사 년 전이오."

"사 년이 아니라 천만 년이 흘러도 변하지 않는 것들은 많이 있어요. 하늘과 바다, 태양과 달, 별이 세월이 흐른다고 해서 변하던가요?"

 그녀는 자신의 사랑을 감히 우주만물의 반열 위에 서슴없이 올려놓았다.

 기개세는 뜻밖이라는 표정을 지으며 그녀를 바라보았다. 그리고 그녀의 눈을 비롯한 온몸이 진실함으로 밝게 빛나는 것을 발견할 수 있었다.

 과연 그녀의 사랑은 우주만물과 동격일 정도로 눈부시게 빛나고 있었다.

*　　　*　　　*

 북경성 천신종의 은신처 중 한곳인 신붕장에 낯선 사람 세 명이 왔다.

 천검신문을 추종하는 조직인 천신종은 그동안 식구가 오십 명에서 육십오 명으로 늘었다. 그런데 오늘 세 명이 또 새로 가입을 하게 된 것이다.

 천신종 사람들 중에서 오늘 일이 있는 사람들은 이곳에 오지 못하고, 나머지 사람 이십여 명이 모여서 새로운 식구를 맞이했다.

 그리 넓지 않은 대전에 기존의 천신종 사람 이십여 명이 자연스러운 대열로 서 있고 그들의 맞은편에 새 식구 세 사람이 나란히 마주 서 있다.

"신한용(申悍勇)이라고 하오."

"국상결(菊常決)이오."

"배철(裵哲)이오."

세 사람은 포권지례를 취하면서 한 명씩 자신의 이름을 소개했다.

이들 세 사람에 대해서는 이미 면밀하게 조사를 끝낸 상태고, 천신종의 기존 사람들은 그들에 대해서 이미 자세한 설명을 들었기 때문에 별다른 것은 서로 묻지도 말하지도 않았다.

천신종의 조사에 의해서 이들 세 사람은 누구보다도 믿을 수 있다는 결론이 내려졌다.

세 사람은 외모가 하나같이 비범해 보였다. 특히 배철이라고 밝힌 사람은 허우대가 헌앙하고 눈에서 번뜩이는 안광이 뿜어져서 뭇 사람들을 자못 감탄하게 만들었다.

배철에게 흠이 있다면 왼팔 소매가 팔꿈치에서 헐렁하다는 것, 즉 외팔이라는 사실이다.

천신종 사람들은 이 외팔이사내를 천신종에 가입시키기 위해서 꽤나 공을 들였다.

왜냐하면 그는 자금성 내에서 매우 중요한 지위에 있기 때문이다.

천신종 사람들이 조사한 바에 의하면 배철은 도찰원(都察

院)의 감찰어사(監察御使) 중 한 명이다.
 도찰원은 울황궁이나 천하의 모든 관리를 규찰(糾察)하고 또 탄핵(彈劾)하는 특별한 기관이다.
 자금성과 북경성 내의 수천 명의 관리를 관할하는 것이 감찰어사이다.
 그리고 천하 지방의 관리들을 관할하는 것이 순안어사(巡按御使)인데, 감찰어사가 더 높은 지위고 영향력이 큰 것은 두말할 필요가 없다.
 울제국의 녹을 먹고사는 관리라고 하면 제일 두려워하는 존재가 바로 감찰어사와 순안어사다.
 아무런 죄가 없다고 해도 감찰, 순안어사가 곧바로 황제에게 탄핵서를 올리면 관리는 그날로 파직이고 심한 경우에는 벌을 받거나 처형될 수도 있기 때문이다.
 그렇기 때문에 도찰원은 울제국 하의 수십만 명에 달하는 관리들의 동향을 빠삭하게 꿰고 있어야만 한다.
 도찰원의 최고 우두머리는 좌, 우도어사(左右都御使)이고 그 아래가 감찰어사, 순안어사 순이다. 감찰어사는 도찰원의 제이인자라는 뜻이다.
 천신종의 사람들은 새 식구인 배철이 많은 일을 해주기를 진심으로 원하고 있었다.
 "중요한 일이란 무엇이오?"

현풍이 궁금한 얼굴로 배철에게 물었다.

현풍은 얼마 전에 대매국노 북왕야 주시중을 암살해서 북경성 내를 한바탕 떠들썩하게 만들었다.

그 일로 인해서 천하의 모든 한족이 통쾌하게 여겼으며, 주시중이 죽은 날부터 며칠 동안 천하 곳곳의 술이 바닥이 났다고 전해진다.

주시중의 죽음을 축하하느라 모두들 술을 마시면서 한껏 즐거워했다는 것이다.

현풍은 주시중을 암살한 이후에 천신종에서의 입지가 한층 굳건해졌다.

배철은 진중한 표정을 지으며 목소리를 한껏 낮추었다.

"매우 중요한 정보를 알려주고 싶소."

"어떤 정보요?"

배철은 머뭇거리는 듯하다가 단호하게 말했다.

"종주에게 직접 말하고 싶소."

현풍은 난감한 표정을 지었다.

"종주께선 이곳에 계시지 않소."

"그럼 어디에 계시오?"

지금 실내에는 배철과 현풍 두 사람뿐이다. 새로 가입한 세 사람과 기존의 사람들 간의 한바탕 인사가 끝나고 나서 배철이 현풍에게 은밀하게 할 말이 있다고 해서 이 방으로 들어온 것이다.

천신종의 종주는 주소령이다. 그녀가 부재 시에는 부겸이나 현풍, 화비군 등이 사람들을 이끌고 있다.

그녀와 부겸은 천검신문 태문주와 함께 있고 나서부터는 천신종의 은신처에 오는 일이 거의 없었다. 지시할 일이 있으면 서찰이나 천라고수를 보낸다.

현풍은 배철의 신원이 확실하다고 믿지만 그렇다고 주소령이 어디에 있는지 그에게 함부로 밝힐 수는 없다.

"그건… 나도 모르오."

사실 현풍은 주소령과 부겸이 천검신문 태문주와 함께 생활하고 있으며 그곳이 북경성이라는 사실만 알고 있을 뿐이지 정확한 위치는 모른다.

현풍의 말에 배철은 안타깝다는 듯한 표정을 지으면서 중얼거렸다.

"울전대에 관한 일인데… 이 사실을 천검신문에게 알릴 수만 있으면 더할 나위 없이 좋으련만……."

'울전대!'

순간 현풍의 안색이 급변했다.

그리고 배철은 그것을 놓치지 않았다.

신붕장을 나선 배철은 빠르지도 느리지도 않은 걸음걸이

로 인파에 휩쓸려 거리를 걸어갔다.

그는 주위를 두리번거리지도 않고 다른 곳에 들르지도 않았으며 곧장 자신의 집으로 갔다.

그의 집은 신붕장에서 걸어서 일각 반쯤 걸리는 곳에 있는 아담한 장원이다.

그가 장원의 전문을 두드리자 곧 하인이 문을 열고는 공손히 인사를 했다. 여느 집처럼 하인이 주인을 맞이하는 듯한 평범한 광경이다.

그는 하나뿐인 손으로 뒷짐을 지고 마당을 가로질러 전각 안으로 들어갔다.

그가 어느 방에서 부인과 함께 다정하게 차를 마시고 있을 때 문이 열리고 누군가 들어서더니 다가와 공손히 허리를 굽혔다.

"가주, 미행하던 놈은 돌아갔습니다.'

"알았다."

배철이 신붕장에서 나와 이곳까지 오는 동안 천신종의 인물이 미행을 했다는 뜻이다. 천신종은 아직 배철을 완전히 믿지 못하는 듯했다.

그는 고개를 끄덕이고 나서 남은 차를 마저 단숨에 마시고 일어섰다.

"신붕장은 잘 감시하고 있느냐?"

"그렇습니다."

"형님은?"

배철과 마주 앉아서 차를 마시던 여자가 조심스럽게 일어나 보고를 올리는 사내 옆에 나란히 섰다.

그녀는 배철의 부인이 아니라 보고하는 사내의 부인이다. 잠시 배철의 부인 행세를 한 것뿐이다.

"대황군(大皇君)께선 천검신문의 천라대 북경 지부를 직접 감시하고 계십니다."

"음. 알았다."

그것은 배철도 익히 알고 있는 사실이다. 천검신문 천라대 북경 지부를 감시하고 있다면 조만간 뭔가 하나 건질 수 있을 것이다.

배철이 고개를 끄덕이자 보고하던 사내와 부인은 공손히 시립한 채 하명을 기다렸다.

이 땅에서 대황군이라고 불리는 사람은 오직 한 명뿐이다.

천상황 이반의 친동생인 패가수다. 그는 이반이 황위에 오르고 나서 대황군이라는 작위를 하사받았다.

그리고 대황군 패가수를 '형님'이라고 부를 수 있는 사람도 한 명뿐이다.

남궁산 바로 그다. 배철이 바로 남궁산인 것이다.

남경성에서 천검신문 태문주에게 죽을 뻔했다가 패가수

덕분에 구사일생으로 목숨을 건진 바 있는 그는 북경성으로 돌아온 후, 각고의 노력 끝에 천신종이라는 비밀 조직이 북경성 내에 있다는 사실을 알아냈다.

그래서 천신종에 접근하기 위해 모종의 음모를 꾸몄다. 그는 이 일에 사활을 걸었다.

천신종을 통해서 천검신문에 직접 접촉할 수 있다면, 그동안 실추되었던 명예와 신임을 패가수에게 얻게 될 것이다. 물론 이반에게도 점수를 두둑이 따게 될 터이다.

그가 가족과 함께 평범하게 사는 것처럼 보이게 하는 이 장원도, 도찰원 감찰어사라는 지위를 임시로 만들어낸 것도, 그리고 울전대에 관한 중대한 정보가 있다는 것도 모두 천신종을 통해서 천검신문을 끄집어내기 위한 음모의 일환인 것이다.

"양종(梁鐘)."

한동안 뭔가 골똘히 생각하던 남궁산이 찻잔을 만지작거리면서 이윽고 입을 열었다.

"하명하십시오, 가주."

보고하던 사내는 양종이라고 한다. 과거 남궁산의 최고의 심복이며 남궁세가 대검총수였던 양림의 하나뿐인 친동생이기도 하다.

일전에 남궁산은 패가수와 함께 천검신문 태문주의 아들

을 납치하러 남경성에 갔다가 금상단 마당에서 태문주와 정면으로 마주친 적이 있다.

그때 태문주 옆에는 양림과 지곤이 제압되어 무릎이 꿇려 있었다.

그 당시에 남궁산은 자신의 목숨이 바람 앞에 놓인 등불 신세라서 양림을 놔두고 떠날 수밖에 없었다.

그 양림이 천검신문에 잡혀가서 어떤 고초를 겪고 있을지는 상상하는 것만으로도 가슴이 아픈 일이다.

남궁산에게 형 양림에 대한 이야기를 자세히 들은 양종은 형에 이어서 남궁산의 심복이 됐다. 이 아담한 장원은 사실 겉으로 드러나지 않은 남궁세가다.

이 장원에 있는 사람들은, 하다 못해서 하인까지도 과거 남궁세가의 제자였었다.

뿔뿔이 흩어져 있던 제자들을 긁어모아 현재 사십 명 정도가 됐다.

남궁산은 얼마 전에 그 제자들과 함께 남궁세가를 새롭게 발족시켰다.

제이의 탄생인 것이다. 그리고 자신이 제삼십육대 가주의 자리에 올랐다.

남궁산은 자신에게 다짐하듯 입을 열었다.

"천신종은 분명히 천검신문과 관련이 있을 것이다. 그러니

놈들의 일거수일투족을 손금 보듯이 파악해야 한다."
"명심하겠습니다."
 양종과 그의 부인은 몰락한 남궁세가의 젊은 가주를 향해 공손히 허리를 굽혔다.

第百四十二章
위기의 천라대 북경 지부

대사부

"패가수를 찾아라."

다나의 부탁을 들어주기로 결정한 기개세가 천라대 북경 지부주 사록에게 명령했다.

그는 다나와 패가수를 만나게 해주는 것이 밑져야 본전이라고 생각했다.

두 사람을 만나게 해주는 장소만 잘 골라서 선택한다면 만에 하나 일이 잘못된다고 하더라도 이곳 동풍장이 발각될 염려는 없다.

그렇지만 다나의 말처럼 패가수를 이쪽 편으로 끌어들일

수만 있다면 천군만마를 얻은 것이나 다름이 없다.
 하지만 기개세는 그 가능성을 낮게 보고 있다. 패가수 같은 당당한 사내가 한낱 여자 때문에 조국과 형을 배신할 리가 없다.
 일이 뜻대로 풀리지 않더라도 기개세는 실망하지 않을 것이다. 원래 기대를 하고 있지 않기 때문이다.
 단지 그는 다나의 눈물겨운 진실한 사랑을 이뤄주고 싶을 뿐이었다.
 패가수가 그녀를 어떻게 처리하든 그것은 패가수의 몫이다. 이반에게 데려가든, 어디에다 몰래 감춰두든 기개세에게 손해될 것은 없다.
 이것은 내 편 네 편을 떠나서 한 여인의 사랑에 대한 일이다. 다나가 패가수를 만나 행복하다면 그것으로 족하다.
 사록이 나간 후 얼마 되지 않아서 춘몽과 주소령이 함께 들어섰다.
 "총 이십삼 명 중에서 여덟 명을 포섭했고, 그중에서 세 명은 확실하게 미끼를 물었어요."
 춘몽이 여덟 명의 이름이 적힌 명단을 탁자에 펼치면서 생글생글 웃으며 보고했다.
 얼마 전에 진운상과 유정이 울제국 내각의 중서사인을 돈으로 매수해서 얻어낸 정보가 있었다.

이반이 울제국 고위 관리들을 전원 교체하려는데 그중 최고위직 이십삼 명의 명단과 신상명세였다.

"수고했다."

주소령이 방글방글 미소 지으며 기개세 옆에 찰싹 붙어 앉아서 춘몽의 말을 이었다.

"오라버니, 확실하게 미끼를 문 놈들 중에 누가 끼어 있는지 아세요?"

"누구냐?"

"헤헤. 칠군대도독이에요."

"호오, 그거 잘됐구나."

주소령은 조금 더 용기를 내서 기개세에게 바싹 안기듯 하며 두 팔과 가슴으로 그의 팔을 안았다.

"그자 이름은 태부리(兌夫離)인데, 조금만 더 공을 들이고 나면 죽는시늉까지도 하게 될 거예요."

기개세는 고개를 끄덕였다.

"그자를 완벽하게 손에 넣으면 우리에게 큰 힘이 되어줄 것이다. 너희 다섯 사람은 매사에 조심하면서 그들을 포섭하는 일에 총력을 기울여라."

"알겠어요."

칠군대도독이라면 칠군도독부의 최고 우두머리다. 울제국 전체의 병권(兵權)을 손아귀에 쥐고 있는 것이다.

문제는 아직 그가 칠군대도독에 임명된 것이 아니라 이반의 물망에 올라 있다는 것이고, 그를 완벽하게 수중에 넣지 못했다는 사실이다.

기개세는 통박당의 통박오성과 육대명왕이 울제국 최고 관리들을 포섭하는 것과 정향을 통해서 울전대의 실마리를 풀어 그들을 해결하는 일, 그리고 만에 하나 다나가 패가수마저 끌어들인다면 울제국을 쓰러뜨리는 대업은 순풍에 돛을 달게 될 것이라고 생각했다.

* * *

"저놈이 천검신문 천라대 북경 지부주입니다."

번화한 대로변에 위치한 어느 객잔의 삼층에서 속삭이는 듯 공손한 목소리가 새어 나왔다.

삼층의 어느 객방 창이 약간 열려 있고, 그 틈새로 두 쌍의 눈이 은밀하게 거리를 굽어보고 있다.

거리에는 수많은 사람들이 물결처럼 흘러가고 있는데, 두 쌍의 눈동자는 그중 한 사람을 쫓고 있었다.

"닷새 만에 나타났습니다. 북경성 내에 둥지를 틀었을 것으로 예상하는 천검신문 쪽에 닷새 동안 가 있었을 것으로 추정하고 있습니다만."

속삭이는 듯한 보고를 들으면서 가볍게 고개를 끄덕이는 사람은 패가수다.

그의 시선은 거리의 수많은 사람들에 파묻혀서 걸어가고 있는 평범한 청의 경장 사내의 뒷모습에 꽂혀 있었다.

패가수가 쳐다보고 있는 동안 청의 경장 사내는 어느 주루로 들어갔다.

주루의 이름은 '풍림각(風林閣)'이다. 보고에 의하면 그곳이 천검신문 천라대 북경 지부라고 한다.

그 말을 증명이라도 하듯 패가수가 풍림각을 지켜본 지 이틀 만에 천라대 북경 지부주가 보란 듯이 나타났다.

패가수의 수하들은 풍림각을 칠 일 전부터 감시하고 있었으며, 이곳이 천라대 북경 지부일 것이라는 확신은 사흘 전에 내렸다.

그러므로 닷새 전에 풍림각을 떠났던 지부주에 대해서는 그다지 신경을 쓰지 않았다. 물론 미행은 했으나 중간에 놓치고 말았다.

패가수는 잠시 갈등했으나 길지 않았다.

"계속 지켜보도록 한다."

지금 당장에라도 풍림각을 덮쳐서 지부주 이하 천라고수들을 모조리 잡아들이는 것도 하나의 방법이기는 하다.

그러나 만약 그들이 입을 봉해 버린다면 그것으로 끝이다.

그리고 그럴 가능성이 높다.

울제국은 잔혹한 고문 방법이 많이 지니고 있지만 상대는 고도로 훈련된 천검신문의 수하들이다. 결코 호락호락하지 않을 것이다.

그렇다면 두 번째 방법으로 간다는 것이 패가수의 생각이다.

풍림각을 계속 지켜보면서 북경 지부주 이하 천라고수들이 천검신문과 접촉하는 것을 직접 잡아내자는 것이다.

패가수가 머물고 있는 이 객방에서 풍림각과의 거리는 직선으로 십여 장 밖에 되지 않는다.

짧은 거리지만 번화가 한복판이라는 점을 감안하면 그 십여 장 사이에 가게들이 이십여 개나 있으며 왕래하는 사람은 수백 명에 이른다.

이 객방에는 패가수와 수하 한 명, 단둘이 묵고 있었다. 수하는 창을 통해서 풍림각을 감시하고 패가수는 줄곧 운공조식을 하는 것이 일과다.

수하는 두 명이 번갈아서 교대를 하고 있다. 특이한 일이 있을 때만 패가수에게 보고한다.

풍림각을 감시하고 있는 곳은 여기뿐만이 아니다. 풍림각을 완전히 포위한 상태에서 일정한 거리를 두고 패가수의 백여 명 수하들이 풍림각을 드나드는 모든 사람을 한 명도 빼놓지 않고 감시, 미행했다.

패가수는 창에서 물러나 바닥에 가부좌의 자세로 앉아 운공조식을 시작했다.

요즘 그가 연마하는 것은 예전부터 연마했던 천축 최고의 절학인 무량육신공이다.

그중에서도 공을 들이는 것이 마지막 육신공인 무량대신공, 즉 파멸겁이라고 부르는 희대의 신공이다.

예전에 그는 파멸겁을 칠성까지밖에 익히지 못했으나 지금은 구성을 훨씬 넘어섰다. 머지않아서 십성까지 완벽하게 익히게 될 것이다.

대부분의 무공, 특히 절학들이 그렇듯이 칠성과 구성의 차이는 엄청나다.

그 차이는 이 성밖에 안 되지만, 실제 위력의 차이는 대여섯 배 이상이다.

절학이란 상급으로 올라갈수록 연마하는 것이 어려운 만큼 위력에도 차이가 커지는 것이다.

패가수는 현재 파멸겁을 구성까지 익혔으나 십성까지 완벽하게 익히려면 여태까지 구성을 익힌 것 이상의 노력을 기울여야만 한다.

파멸겁을 완성하는 날이 오면 그는 한 가지 소원이 있었다.

그가 천하에서 가장 고강하다고 생각하는 두 사람, 천검신문의 태문주, 그리고 형 이반과 한 차례씩 일대일로 정정당당하게 겨뤄보는 것이다.

형 이반은 무량대신공과 천마천혈공의 강점만을 뽑아서 탄생시킨 천마무량극을 연공했으나 패가수는 무량대신공만으로 대성을 이루고 싶어했다.

그는 믿고 있다. 무량대신공을 극성으로 연공하면 천마무량극이나 천검신문의 절학을 능가하고도 남을 것이라고.

　　　　　　　*　　　*　　　*

사록은 풍림각에 들어서자마자 삼층 자신의 방으로 들어가 부지부주인 강평을 불러서 명령했다.

"모든 방법을 동원해서 패가수를 찾아내라."

"알겠습니다."

"주군의 천명이시니 서둘러야 한다."

'천명' 이라는 말에 강평은 움찔 긴장하더니 공손히 허리를 굽혔다.

"지부를 총동원하면 늦어도 오늘 내로 놈이 있는 곳을 알아낼 수 있을 것입니다."

강평은 그 즉시 밖으로 나가 방금 사록이 내린 명령을 수하들에게 전달하고 다시 돌아왔다.

이어서 그는 사록이 없는 동안 발생한 일들과 수하들이 입수한 정보를 기록한 책자를 읽어가면서 반 시진에 걸쳐서 상세히 보고를 했다.

사록이 사용하는 이 방은 특수한 구조로 이루어져서 거의 완벽하게 방음이 된다. 그렇기 때문에 이 방에서의 대화는 밖으로 새나가지 않는다.

천라대 북경 지부, 즉 풍림각은 예전에는 삼십여 명의 천라고수들이 정보 수집을 했었다.

그러나 기개세가 오고 나서 수를 대폭 늘려 현재는 백이십여 명 수준이다.

그래서 북경성 내 모처에 주루 하나를 더 인수하고 이름을 '풍산루(風山樓)'라 지었고, 다수의 천라고수들을 그곳으로 분산시켰다.

현재 풍림각과 풍산루의 천라고수들은 기개세의 눈과 귀가 되어주고 있었다.

자금성과 울전대, 신삼별조, 울고수들, 칠군도독부의 동향, 황궁의 고관대작들, 이반이 자신의 충복으로 물망에 올린 이십삼 명에 대해서 감시와 조사를 병행하고 있다.

사록은 자신이 없는 동안에 밀린 업무를 보느라 그날 밤을 꼬박 새웠다.

　　　　　＊　　　＊　　　＊

　요즘은 아미와 독고비가 조금 한가해졌다. 그녀들이 가르치고 있던 육대명왕이 바쁘기 때문이다.
　육대명왕은 이반이 자신의 충복으로 기용할 이십삼 명의 인물을 포섭하느라 바쁜 나날을 보내고 있는 중이다.
　아미와 독고비가 한가해지면 반대로 기개세의 한가한 시간이 줄어든다.
　그녀들이 그를 붙잡고 놓아주지 않기 때문이다. 특히 밤에는 더욱 그렇다.
　그녀들은 그동안 육대명왕을 가르치느라 기개세와 나누지 못했던 사랑을 이참에 한꺼번에 만끽하려는 듯 마치 빚쟁이처럼 난리를 피웠다.
　하지만 기개세는 될 수 있는 한 그녀들을 뿌리치지 않았다. 이유는 단 하나, 그녀들을 너무 사랑하기 때문이다. 그리고 그 역시 그동안 많이 외로웠다.
　기개세가 울육천이백오십신의 여자인 정향을 만나고 온 지 나흘이 지났다.
　그는 오늘쯤 정향을 만나러 갈까 생각하고 있다가 아미와 독고비에게 붙잡혀 침상에서 빠져나가지 못하게 되었다.
　그래서 결국 내일 아침에 정향을 만나러 가기로 생각을 고

쳐먹었다.

"대가."

천장을 보고 똑바로 누운 자세인 기개세의 어깨를 베고 그의 얼굴을 바라보며 한 팔로 그의 가슴을 만지작거리고 있는 아미가 듣기만 해도 온몸이 녹을 듯이 감미로운 목소리를 흘려냈다.

그녀는 얼마 전까지만 해도 기개세를 '문주'라고 불렀는데 요즘은 서슴없이 '대가'라고 부르고 있었다.

그것은 단지 호칭의 문제가 아니다. 그녀가 '문주'라고 불렀을 때에는, 아내라기보다는 수하로서 기개세를 철저하게 보필하려는 경향이 강했다.

그런데 그를 '대가'라고 부르기 시작하면서부터는 수하가 아닌 아내, 한 걸음 더 나가서 한 명의 성숙하고 요염한 여자로서 그를 대하게 된 것이다.

아미가 그렇게 변하게 된 데에는 두 가지 원인이 있다.

첫째는 소옥군을 비롯하여 다섯 명의 아내가 공유하던 기개세를 북경성에 오고부터는 독고비와 단둘이서 차지하게 된 환경적인 변화 때문이다.

둘째 원인은 독고비다. 그녀는 기개세에게 애교와 요염의 극치를 발휘하고 있었다.

주위에 사람이 없다 싶으면 기개세에게 거리낌없이 진한 애정 표현을 해댄다.

입을 맞추는 것은 예사고, 자신의 젖가슴을 드러내서 기개세의 입에 물려주는 것부터 시작해서, 식탁에서조차도 그의 음경을 장난감처럼 갖고 놀았다.

그러다가 흥분이 고조되면 아미가 보고 있는 것도 개의치 않고, 또한 장소불문하고 아무 데서나 사랑을 즐겼다.

아니, 오히려 아미가 보고 있기 때문에 더 쾌감을 느끼는 듯한 행동을 보였다.

그런 그녀와 친자매 이상으로 가깝게 지내다 보니 아미도 자연히 물이 들어버린 것이다.

아니, 자신도 독고비처럼 하지 않으면 손해를 보는 듯한 느낌이 들게 된 것이다.

"음?"

기개세는 입을 약간 벌린 채 몽롱한 얼굴로 아미의 부름에 대답을 했다.

그가 그런 표정을 짓고 있는 이유는 이불 속에서 독고비가 그의 하체에 음란한 짓을 하고 있기 때문이다.

"천첩은 점점 인간이 되어가는가 봐요."

아미는 기개세의 귓불을 잘강잘강 깨물면서 콧소리를 냈다.

"어째서?"

그가 묻자 아미는 우는소리를 냈다.

"천첩도 점점 비아를 닮아가잖아요."

"비아를 닮다니? 뭘?"

"우움… 래가… 부어… 때서… 언니……."

그때 이불 속에서 독고비의 불분명한 목소리가 들렸다. 마치 밥 먹을 때 입에 음식을 하나 가득 물고 말을 하는 듯한 목소리다.

해석하자면 '내가 뭐 어때서 언니' 라는 뜻이다.

"천첩이 자꾸만 요부가 돼가는 것 같아서요."

아미는 그렇게 말하면서 혀를 내밀어 기개세의 목을 핥았다.

그녀는 요부가 돼가는 것이 걱정이라는 것인지, 아니면 좋다는 것인지 뜻이 분명하지 않았다.

이불 속에서 독고비가 뭘 어떻게 하는지 기개세는 몸을 한차례 부르르 떨더니 침이라도 흘릴 듯이 게슴츠레한 얼굴로 중얼거렸다.

"난 아미 네가 요부가 되는 거 좋더라."

"그래요?"

아미는 눈을 치뜨더니 발로 이불 속의 독고비를 밀어내고 기개세의 몸 위에 엎드렸다.

"잘 먹겠습니다."

"앗! 아미 언니! 치사해!"

"아… 좋아……."

아미는 독고비가 잔뜩 공을 들여놓은 기개세의 음경을 독차지하면서 풍만한 몸을 떨며 교성을 토했다.

눈을 반쯤 감은 채 기개세를 굽어보면서 몸을 움직여 대고 있는 아미의 모습은 언제 봐도 정말 숨이 막힐 듯이 아름다웠다.

기개세로서는 자신을 차지하는 것이 독고비든 아미든 누가 됐든 상관이 없었다.

아미가 마치 말을 타고 먼 길을 떠나는 것처럼 엉덩이를 들썩이자 이번에는 독고비가 이불 밖으로 나와서 잔뜩 부루퉁한 얼굴로 기개세의 입술을 빼앗았다.

기개세는 아까부터 방문 밖에 있는 한 사람의 숨소리를 감지했다.

숨소리로 미루어 주소령이 분명했다.

'소령이 왜…….'

그러나 기개세는 더 길게 생각하지 않았다. 지금은 두 아내하고의 일에만 충실하고 싶은 마음이다.

* * *

늦은 밤 해시(밤10시) 무렵의 풍림각.

방금 부지부주 강평의 보고를 받은 사록의 얼굴이 돌덩이처럼 굳어버렸다.

그는 대경실색했으나 강평에게 그것이 정말이냐고 되묻지는 못했다. 무슨 말을 하면 어딘가에 있는 누군가가 들을 것 같기 때문이다.

그는 강평이 무슨 말인가 더 하려고 하자 급히 손을 저어서 제지했다.

평소에 그는 자신의 방이 완벽하게 방음이 되어 있기 때문에 이 안에서는 무슨 말을 해도 괜찮다고 자신만만했는데 지금은 그것조차도 믿지 못하게 되었다.

아까 낮에 사록으로부터 '패가수를 찾아라' 는 태문주의 명령을 전달받은 강평은 그 즉시 휘하 이단주에게 그 명령을 전달했다.

이후 풍림각을 나간 이단주는 마치 바쁜 볼일이 있는 것처럼 북경성 곳곳의 다섯 군데를 들렀다.

혹시 있을지 모를 미행을 떨어뜨리기 위해서다. 이 방법은 매우 탁월해서 다섯 군데 정도 거치고 나면 아무리 완벽한 미행자라고 해도 다 떨쳐 버릴 수가 있다.

이후 이단주는 마치 허기를 느껴서 지나는 길에 우연히 들른 것처럼 천라대 북경 제이지부라고 할 수 있는 풍산루에 들러서 식사를 했다.

식사를 끝내고 나서 계산을 하는 체하며 회계대에 앉아 있는 풍산루주, 즉 삼단주에게 사록의 명령을 전음으로 슬쩍 전해주고 즉시 주루를 나섰다.

여섯 번째로 들른 이곳에서도 역시 여태까지 들른 다섯 군데와 별로 다를 것 없는 행동을 했다.

천라고수들은 평소에도 이런 식으로 일을 한다. 나중에 천천히 해도 될 일을 아주 급한 것처럼 서두르고, 반대로 급한 일은 맨 마지막에 처리한다.

그리고 목적지에는 언제나 곧장 가지 않고 중간에 다른 여러 곳에 두루 들렀다가 아무것도 아닌 것처럼 목적지에 들러 최대한 빨리 나온다.

사록의 명령을 전달받은 삼단주는 이후에도 회계대에 일각 정도 앉아서 잔무를 보고 있다가 슬며시 자리를 떴다.

자신을 눈여겨보는 자가 아무도 없다고 확신을 해도 그런 행동들이 몸에 배어 있는 것이다.

삼단주의 명령을 받은 천라고수들은 북경성 내에 거미줄처럼 연결된 조직망을 통해서 빠르게, 그리고 긴밀하게 패가수의 흔적을 수소문하기 시작했다.

그리고 밖에 나갔던 천라고수 한 명이 그 결과를 갖고 풍림각에 돌아온 것은 일각 전이었다.
 그런데 보고 내용은 실로 충격적인 것이었다.
 패가수가 지금 현재 이곳 풍림각에서 직선거리로 십여 장 밖에 떨어지지 않은 만승각(萬乘閣)이라는 주루 겸 객잔 삼층에 투숙 중이라는 것이다.
 불과 한나절 만에 패가수가 있는 위치를 정확하게 알아낸 천라대 북경 지부의 능력은 실로 놀랍다.
 하지만 그가 지척에 이틀씩이나 머무르고 있었다는 사실은 더욱 놀라운 일이다.
 사록의 얼굴 표정이 짧은 시간 동안 여러 차례 복잡하게 변하고 있었다.
 보고를 한 강평 역시 놀라기는 마찬가지라서 숨조차 크게 쉬지 못하고 있다.
 패가수가 북경성 내에서 자금성이나 자신의 대장원인 대황저(大皇邸)를 놔두고 만승각 같은 평범한 객잔에서 이틀씩이나 묵을 이유가 없다.
 그래서 사록과 강평은 똑같은 생각을 하게 되었다. 즉, 패가수가 풍림각, 아니, 천라대 북경 지부를 직접 감시하고 있다는 사실이다.
 대황군 패가수가 직접 움직였을 정도라면, 현재 풍림각은 울고수들에게 겹겹이 포위당한 상태에서 감시를 당하고 있다고 봐야 한다.

또한 놈들이 아직 덮치지 않고 있는 데에는 그럴 만한 이유가 있다.

즉, 풍림각을 감시, 미행하여 태문주가 있는 곳을 알아내려는 속셈이 분명하다.

이곳 풍림각에는 총 백이십여 명의 천라고수 중에 삼십여 명이, 풍산루에는 이십여 명이 배치되어 있다.

나머지 칠십여 명은 북경성 내 여러 곳에 분산되어 흩어져 있는 상황이다.

지금으로서는 패가수 일당이 천검신문 북경 지부에 대해서 어디까지, 그리고 얼마나 알고 있는지에 대해서 짐작조차 하지 못하는 상황이다.

뿐만 아니라 만승각에 패가수가 있다는 사실 외에는 아무것도 아는 게 없다.

사록은 온몸에서 피가 한 방울도 남기지 않고 빠져나가는 듯한 충격과 허탈감을 느꼈다.

지금 이 순간에 뭐가 어디에서부터 잘못됐는지를 논하는 것은 옳지 않은 일이다.

정신없는 경황 중에도 그는 제일 먼저 자신이 무엇인가 실수를 하지 않았는지 곰곰이 되새겨 보았다.

그는 지난 닷새 동안 동풍장에 머물면서 태문주의 명령을 직접 받고 또 그것을 수하들에게 지시했었다.

그 당시에 주로 했던 활동은 울전대에 대한 동향을 조사하는 것과 육대명왕이 실행하고 있는 고위 관리들에 대한 조사가 거의 대부분이었다.

또한 그사이에 사록은 울육천이백오십신의 사가인 장원에 잠입했다가 울호들에게 제압되어 그곳에 감금됐고 이후에 태문주에게 구출되기도 했다.

그리고 오늘 풍림각에 돌아온 것이 닷새 만이다.

'설마……'

그의 가슴속과 머릿속에 시커먼 먹구름이 잔뜩 끼었다.

닷새 전에 풍림각을 나와서 동풍장에 갔을 때 만약 울고수들이 미행을 했었다면?

사록은 닷새 전에 자신이 이곳 풍림각을 나와서 들렀던 여러 곳의 동선(動線)을 하나씩 곰곰이 생각해 보았다.

그 당시에 그는 태문주에게 보고할 것이 있어서 동풍장으로 가는 길이었다.

하지만 곧장 가지 않고 평소의 습관대로 두 시진 동안 여기저기 십여 군데 이상 들른 후에야 동풍장에 갔었다. 태문주에게 가는 길이기 때문에 더 많은 곳에 들렀다.

그런데 만약 그 당시의 그를 끝까지 미행한 울고수가 있었을 수도 있다.

"으음……."

거기까지 생각한 사록의 입에서 무거운 신음이 흘러나왔으며 안색은 창백하게 변했다.

강평은 사록이 왜 그러는지 누구보다 잘 안다. 강평 역시 똑같은 생각을 하고 있었기 때문이다.

그도 한차례 동풍장에 태문주를 만나러 간 적이 있었다. 울육천이백오십신의 장원에 잠입했던 사록이 제압되어 감금당한 일을 태문주에게 보고하기 위해서였다.

물론 그도 동풍장에 가기 전에 여러 군데를 들르는 절차를 거쳤다.

그러나 강평은 문득 한 가지 사실을 떠올렸다.

[지부주, 심려하지 마십시오. 놈들은 아직 동풍장을 모르고 있는 것이 분명합니다.]

그때 강평이 조심스럽게 전음으로 사록을 안심시켰다.

[놈들의 목적은 태문주입니다. 그런데 놈들이 지금도 이곳 풍림장을 감시하고 있다는 것은 아직 동풍장을 알아내지 못했기 때문이 아니겠습니까?]

의아한 얼굴로 쳐다보는 사록을 보면서 강평은 조리있게 설명을 했다.

[그렇군.]

일리가 있는 강평의 말에 사록은 크게 안도하여 고개를 끄덕였다.

[맞아. 그랬다면 벌써 풍림장에 들이닥쳤을 게야. 동풍장도 마찬가지였을 테지.]

큰 걱정을 덜자 사록은 저절로 정신이 차려져서 빠른 어조로 지시를 내렸다.

[모두에게 명령하라. 행동은 평소와 다름이 없게 할 것이되 제일선(第一線)에서는 무조건 손을 뗀다.]

풍림각이 갑자기 조심을 하게 되면 이쪽에서 눈치챘다는 사실을 패가수 쪽에서 알게 된다.

제일선이라는 것은 현재 진행하고 있는 최우선 정보 수집과 조사를 말하는 것이다.

적들이 과연 얼마나 알아냈는지는 모르지만 지금이라도 손을 떼는 것이 상책이다. 매사는 늦었다고 생각할 때가 가장 빠른 것이다.

강평이 명령을 전달하러 밖으로 나가자 사록은 또 다른 고민에 빠졌다.

'이 사실을 과연 어떻게 태문주께 알려야 한다는 말인가? 한시바삐 알려드려야 할 텐데······.'

패가수와 그의 수하들이 풍림각을 감시하고 있다는 사실을 까맣게 몰랐다면 사록은 예전과 똑같은 방법으로 아무렇지도 않게 동풍장에 갔을 것이다. 지금 생각하면 등골이 섬뜩

위기의 천라대 북경 지부 155

한 일이다.

어찌 됐든 이 사실을 한시바삐 태문주께 알려야만 한다. 그렇다고 무리한 방법을 실행했다가 위험을 자초할 수는 없는 일이다.

자칫 잘못하다가는 태문주께 알리는 것보다 더 큰 위험을 초래할 수도 있기 때문이다.

'급할수록 돌아가야 한다. 급할수록……'

사록은 입안으로 중얼거리면서도 머리로는 어떻게 이 사실을 태문주께 알려야 하는지 분주하게 생각했다.

그는 내일 아침에 태문주에게 보고할 것과 명령을 받들 것이 있어서 동풍장에 가기로 되어 있다.

만약 그가 가지 않아서 태문주가 이곳으로 직접 찾아오는 일이 발생한다면 그야말로 돌이킬 수 없는 사태가 벌어지고 말 것이다.

第百四十三章

항세검(降世劍)

대사부

기개세는 편좌방으로 사용하고 있는 방으로 들어서다가 주소령이 활짝 열어놓은 창 앞에 의자를 갖다 놓고 앉아서 밖의 정원을 내다보고 있는 모습을 발견했다.

그녀를 보자 문득 지난밤에 자신이 아미, 독고비와 함께 뜨거운 사랑을 나누고 있을 때 방문 밖에 주소령이 와 있었던 사실이 생각났다.

아마도 그녀는 무슨 급한 일 때문에 밤중에 찾아온 것 같은데 기개세는 까맣게 잊고 있었다.

그런데 주소령의 얼굴 표정이 매우 우울해 보였다. 큰 근심이라도 있는 듯했다.

기개세가 가까이 다가갔는데도 주소령은 전혀 느끼지 못하고 창밖만 바라보고 있었다.

"슥……."

기개세는 그녀의 뒤에 서서 어깨에 손을 얹었다.

"아!"

그러자 주소령은 화들짝 놀라 자그마한 몸을 떨며 급히 뒤돌아보았다.

"오라버니……."

"소령아, 무슨 일이 있느냐?"

기개세를 말끄러미 올려다보던 주소령은 그가 다정한 얼굴로 묻자 울컥하고 격한 감정이 솟구쳤다.

그러더니 그녀는 말없이 기개세를 꼭 끌어안고 그의 몸에 얼굴을 파묻었다.

"소령아."

기개세는 그녀의 갑작스런 행동에 가볍게 놀랐으나 가만히 내버려 두었다.

그런데 그녀의 체구가 워낙 작다 보니까, 아니, 기개세가 크다 보니 그녀가 앉은 자세에서 끌어안는다는 것이 그의 궁둥이를 끌어안은 모습이 되고 말았다.

또한 그러다 보니까 그녀가 얼굴을 묻은 부위는 자연스럽게 그의 하체가 돼버렸다.

하지만 기개세도 주소령도 그때까지는 그 사실을 깨닫지 못했다.

주소령은 지난밤에 기개세에게 보고할 것이 있어서 그의 거처에 찾아갔었다.

그랬다가 그와 아미, 독고비가 함께 어우러져서 사랑을 나누고 있는 소리가 문 밖으로 새어 나오는 것을 생생하게 듣고 말았다.

그 순간 주소령은 자신이 기개세를 찾아간 목적을 까맣게 잊어버리고 숨을 죽인 채 세 사람이 사랑을 나누는 소리에 귀를 기울였다. 왜 발길을 돌리지 않았는지는 그녀 자신도 알지 못했다.

그러는 중에 자신의 몸이 점점 뜨거워지고 또 입 안이 바싹바싹 마르는 것을 느끼고는 깜짝 놀라고 말았다.

다른 사람들이 사랑을 나누는 것을 엿듣고 있다니, 이게 무슨 짓인가 하는 생각이 들자 그녀는 곧장 자신의 거처로 되돌아왔다.

그렇지만 심장이 미친 듯이 두근거리고, 피가 온통 얼굴로 몰린 것처럼 화끈거렸다.

이불을 뒤집어쓰고 침상에 누웠으나 잠은 오지 않고 기개세와 아미, 독고비가 사랑을 나누는 격렬한 신음 소리와 숨소리가 조금 전에 문밖에서 들었을 때보다 몇 배나 더 크게 귓전을 왕왕 울려댔다.

그런데 그것은 약과다. 잠시가 지나자 주소령은 마치 자신이 기개세와 단둘이서 미칠 듯한 육체의 사랑을 나누고 있는 듯한 착각에 빠져 버린 것이다.

십육 세의 어린 그녀는 아직 순결한 몸이다. 아니, 기개세를 제외하곤 남자의 손조차 잡아본 적이 없었다.

그러니 기개세와 사랑에 빠지는 착각을 일으킨다고 해도 제대로 된 상상이 아니라 그저 마구잡이식의 떠오르는 대로의 상상일 뿐이다.

그런데도 그녀는 숨이 끊어질 듯이 할딱거리고 온몸을 수십 줄기의 번갯불이 마구 관통해 대는 괴이쩍고도 야릇한 쾌감에 몸을 떨었다.

그러다가 소스라치게 놀라서 이불을 걷고 벌떡 일어났다. 이게 무슨 짓인가 싶은 생각이 떠올랐다.

그런데도 온몸에서 땀이 줄줄 흘렀으며 불덩어리처럼 달아올랐다.

더구나 하체의 은밀한 곳은 흠뻑 젖은 상태에서 용광로처럼 뜨거웠다.

그녀는 조금 전에 들었던 기개세와 두 여자의 사랑의 신음소리를 잊으려고 격렬하게 도리질치고 이불을 끌어안고 몸부림치는 등 별별 방법을 다 써봤으나, 그러면 그럴수록 더욱 또렷하게 생각이 나고 또 자꾸만 이상한 상상을 하게 되는 자신을 발견했다.

그녀는 기개세를 사랑한다. 그저 사랑하는 것이 아니라 열병을 앓을 정도로 사랑하고 있는 것이다.

규중궁궐 속에서 곱게 자란 어린 공주의 첫사랑이다. 그런데 그것은 결코 이루어질 수 없는 뼈아픈 사랑이기도 했다.

'이거……'

기개세는 하체의 중요 부위가 뜨뜻해지는 것을 느끼고 그제야 주소령이 그곳에 얼굴을 묻은 채 눈물을 흘리고 있다는 사실을 깨닫고는 적이 당황했다.

주소령을 눈물을 펑펑 흘리면서 울고 있었다. 더구나 뭐가 그리도 슬픈지 도리질을 해대고 두 손으로는 기개세의 궁둥이를 힘껏 움켜잡은 상태였다.

몰랐을 때에는 모르지만, 주소령이 어디에 얼굴을 묻고 있는지 깨닫고 나자 기개세는 난감해졌다.

그렇지만 구슬피 울고 있는 주소령을 떼어내자니 그것도 못할 짓인 것 같았다.

그런데 어느 순간 거의 몸부림치듯이 울던 주소령의 움직임이 뚝 멈추었다.

하지만 기개세의 그 부위에서 얼굴을 떼지는 않았다. 그 상태에서 한동안 꼼짝도 하지 않았다.

 그도 그럴 것이, 그녀가 뜨거운 눈물과 입김을 토해내면서 문질러 대자 눈코도 없고 생각도 없으며 오로지 음탕한 생각만으로 가득 찬 볼품없는 그 물건이 볼썽사납게 한껏 커져 버린 것이다.

 '남은 슬퍼서 울고 있는데…….'

 주소령은 입술을 삐죽거렸다. 그때 문득 자신의 얼굴을 짓누르고 있는 이 흉측한 물건이 지난밤에 아미와 독고비 두 여자와 질펀한 유희를 즐겼다는 생각이 들자 얄미운 마음이 불쑥 솟구쳤다.

 "으악!"

 순간 기개세는 고통에 찬 비명을 지르면서 펄쩍 뛰어 뒤로 물러섰다.

 그는 토라진 얼굴로 앉아 있는 주소령을 어이없다는 얼굴로 쳐다보면서 두 손으로 자신의 사타구니를 감싼 채 얼굴을 찌푸렸다.

 "너 어딜 깨물어?"

 그러자 주소령은 발딱 일어나서 찬바람이 이는 걸음걸이로 방을 나가 버렸다.

 그리고 한마디.

 "흥! 그럼 아예 물어뜯을 걸 그랬나요?"

기개세는 할 말을 잃고 그녀가 나가는 모습을 멍하니 바라보기만 할 뿐이다. 그는 주소령이 도대체 왜 그러는지 영문을 몰랐다.
 갑자기 펑펑 울다가는 돌연 남의 소중한 부위를 물어뜯다니 도무지 알 수 없는 일이다.
 만약 주소령이 남자였다면 이런 일은 절대로 일어나지 않을 터이다.
 남자와 여자. 남녀 사이란 영원히 풀리지 않는 수수께끼 같은 것이다.

 기개세는 아침에 오기로 되어 있는 사록이 사시(아침10시)가 넘도록 오지 않은 사실을 알게 되었다.
 하지만 별로 신경 쓰지 않았다. 그에게 지시할 일은 그리 급한 것이 아니기 때문이다.
 그래서 그는 계획을 약간 바꿔서 이제부터 정향에게 가볼까 생각하고 있었다.
 "주군."
 그때 춘몽이 종종걸음으로 바삐 들어섰다.
 "약간 신경 쓰이는 것이 있어요."
 "음, 말해봐."
 기개세가 습관처럼 찻잔을 만지작거리면서 고개를 끄덕이

자 춘몽은 그의 옆쪽에 다소곳이 섰다.
"칠군대도독이라는 자 때문이에요."
"그자라면 운상하고 정아가 거의 포섭한 것으로 아는데, 그자가 왜?"
춘몽은 고개를 가로저었다.
"그자가 아니에요. 현재 칠군대도독을 맡고 있는 자를 말씀드리는 거예요."
"이반이 임명하려는 자 말고?"
"네."
"호오, 재미있군."
기개세는 찻잔에서 손을 떼며 자못 흥미있다는 표정을 지었다.
춘몽은 그의 얼굴을 살피다가 눈을 빛냈다.
"무슨 일인지 짐작하시겠어요?"
"하하! 네 마음은 몰라도 그런 것쯤은 알 수 있지."
그는 옆에 서 있는 춘몽의 평퍼짐한 궁둥이를 툭툭 두드리며 명랑하게 웃었다.
춘몽은 얼굴을 발갛게 붉혔다. 예전에는 기개세의 무릎에도 거침없이 앉고 그가 젖가슴을 만져도 예사로 알던 그녀의 변화된 모습이다.
그녀는 가슴이 심하게 두방망이질 쳤다. 그러면서 지금 당장 기개세의 무릎에 답삭 앉아서 아양을 부리고 싶은 마음을 간신히 눌렀다.

동해 바닷가에서의 그 일 이후 그녀는 죽을 때까지 기개세를 존경하는 마음 하나만을 간직하기로 결심한 것을 지금 이 순간에도 잘 견뎌내고 있었다.

"그럼 짐작하신 것을 말씀해 보세요."

기개세는 빙그레 미소 지으면서 자신의 생각을 설명했다.

"큰 것을 갖고 있는 자들은 손에 쥐고 있던 것을 놓으려고 하지 않는 법이지."

"그래요."

"칠군대도독이라는 자는 아마도 자신이 축출되는 것에 불만을 품고 이반에게 불충한 마음으로 무슨 수작을 꾸미려는 것이로군."

춘몽은 감탄 어린 표정을 지었다.

"정확해요."

"자, 내가 여기까지 얘기했으면 그다음은 몽이 네가 설명해 봐라."

기개세는 자신의 옆에 있는 의자를 그녀 쪽으로 끌어 내주며 앉기를 권했다.

춘몽은 의자에 다소곳이 앉아서 설명을 시작했다.

"이반이 자신의 측근들을 기용할 날을 정했어요. 다음 달

초이튿날이에요."

그렇다면 딱 열하루 남았다.

"현 칠군대도독은 상가루(祥伽壘)라는 자인데, 알고 보니까 울제국의 제이인자 같은 인물이에요."

기개세는 알 것 같다는 표정으로 고개를 끄덕였다.

"죽은 율가륵의 최측근 심복이었군. 그래서 이반이 잘라내려고 하는 거야."

춘몽이 고개를 끄덕이자 얼굴만 한 크기의 젖가슴이 따라서 출렁거렸다.

"맞아요. 그런데 두 가지의 중요한 문제가 있어요. 그게 뭔지 아시겠어요?"

춘몽은 감히 기개세를 시험하려고 들었다. 그녀는 말을 해놓고 눈을 깜빡이면서 침묵을 지켰다.

하지만 기개세는 불쾌하게 생각하지 않고 오히려 두 발을 들어 그녀의 허벅지 위에 가지런히 뻗고 상체를 뒤로 젖혀 기지개를 켜면서 말했다.

"아마도 칠군대도독 상가루가 울제국의 군대를 장악하고 있다는 것과 여러 가지 이유 때문에 이반이 그를 견제하고 있다는 것이겠지."

춘몽이 아무 말도 하지 않자 기개세는 머리 위로 나란히 뻗어서 맞잡고 있던 두 팔을 내리며 얄궂은 표정을 지었다.

"틀렸어?"

춘몽은 얼굴 가득 찬탄 어린 표정을 떠올리면서 탄성을 터뜨렸다.

"아! 한 치의 틀림도 없이 정확해요. 마치 주군의 눈으로 보기라도 한 것처럼 어쩌면 그렇게 잘 맞히시는 거죠? 주군이 속하의 적이 아니라는 사실이 지금처럼 다행스럽게 느껴진 적이 없군요."

기개세는 빙그레 미소 지었다.

"몽이가 적이었다면 나는 지옥까지라도 쫓아가서 제발 내 편이 되어달라고 애원했을 거야. 몽이처럼 예쁘고 또 나긋나긋하면서 똑똑한 여자를 대체 어디에서 구한담?"

"치이, 순 거짓말."

그렇게 말하면서 눈을 곱게 흘기지만 춘몽은 가슴이 터질 것처럼 기뻤다.

그녀는 기개세를 오직 주군으로서 존경하고 행동에 흐트러짐이 없어야 한다고 조금 전에도 스스로에게 누누이 다짐했으나 모래 위에 쌓은 누각처럼 허물어지고 있었다.

어쩌면 춘몽처럼 정에 약하고 잘 웃고 우는, 감정적인 여자가 기개세처럼 호호탕탕하고 정감 어린 사내에게 예절과 규칙을 지킨다는 자체가 어불성설인지도 모른다.

춘몽은 두 손으로 기개세의 발을 꼬옥꼬옥 주무르면서 설명을 이었다.

"이반이 중신들을 갈아치우려고 하는 속셈은 사실 상가루 때문이라는 소문이에요. 상가루는 울군사들을 장악하고 있을 뿐만 아니라 울제국의 거의 대부분의 관리들까지도 손아귀에 넣고 있는 상태예요."

기개세는 고개를 끄덕였다.

"게다가 졸지에 율가특이 죽으니까 그만 바라보고 충성을 다 바쳤던 모든 관리들이 이반으로부터 시작되는 태풍을 피하기 위해서 상가루네 집 처마 밑으로 모여드는 형국이기도 하겠지."

"네. 조만간 있을 개각 때 떨려날 고관대작들은 물론이고 수많은 장군들과 지방의 관리들까지 상가루의 저택에 몰려와서 연일 문전성시를 이루고 있어요."

"흠."

"상가루의 저택에 잠입한 천라고수의 보고에 의하면, 상가루를 중심으로 모종의 음모가 진행되고 있는 것처럼 보인다는군요."

기개세는 짐작할 수 있다는 듯 엷은 미소를 지었다.

"이지소재 천하추지(利之所在天下趨之)야."

춘몽이 방그레 미소를 지었다.

"이득이 있는 곳으로 천하가 몰린다는 말씀이군요."

그녀는 원래 무식했으나 기개세에게 인정을 받은 이후 꾸준히 공부를 하여 지금은 제법 학식을 쌓은 상태다.

"이반은 아마 지방의 하급 관리들까지 깡그리 갈아치울 계획인 게야."

춘몽이 아는 체를 했다.

"처음에 고관대작을 갈아치우면 새로 고관대작이 된 자들이 이반의 뜻을 받들어서 아래 관리들을 차례차례 갈아치운다는 거로군요."

"음. 그것을 짐작하기 때문에 관리들이 제 몸에 불이 붙기 전에 상가루에게 모여드는 것이지."

춘몽은 이상하다는 표정을 지었다.

"그렇다면 그 사실을 이반이 모르고 있을 리가 없을 텐데 어째서 아무런 조치도 취하지 않는 것일까요? 그 정도면 상가루와 일당을 반역죄로 몰아서 깡그리 처형할 수 있을 텐데 말이에요?"

"흠. 그거야말로 내가 바라는 바야."

춘몽은 더욱 알 수 없다는 표정을 지으며 기개세의 발을 주무르던 손을 멈추었다.

"무엇을 말인가요?"

기개세는 손가락을 하나 세웠다.

"자중지란(自中之亂)."

춘몽은 흑백이 또렷한 눈을 깜빡이면서 한동안 생각하다가 고개를 살래살래 가로저으며 한숨을 내쉬었다.
"아아, 아무리 생각해도 속하의 머리로는 도통 모르겠어요. 대관절 무슨 뜻인지 어서 말씀해 주세요."
그때 주소령이 뜨거운 차를 갖고 사붓사붓 걸어 들어와서 눈치를 살피면서 기개세의 잔에 따라주고 나서 그의 옆에 조심스럽게 앉았다.
그녀는 아까 기개세와의 일 때문에 아직도 마음속이 정리되지 않았으나 그가 춘몽하고 무슨 얘기를 나누는지 궁금해서 살며시 들어온 것이다.
기개세는 찻잔을 들어 입으로 가져가 후후 불면서 얘기를 풀어놓았다.
"울제국의 실세는 상가루야. 그런데 지금 이반이 그를 반역죄로 몰면 그가 가만히 앉아서 당하겠어?"
"아……."
"오히려 기회는 이때다 하고 아예 대놓고 진짜 반역을 하려 들지도 모르는 일이지. 이반이 상가루를 건드리면 그에게 기회를 주는 꼴이 되는 거지."
춘몽은 머리가 맑아지는 표정으로 크게 고개를 끄덕였다.
"그러니까 이반은 다음 달 초이튿날 개각이 끝난 이후 상가루와 그를 따르는 자들을 차례차례 제거하겠군요? 물론 그들이 꼼짝 못할 죄목을 씌워서 말이에요."

"그렇지. 하지만 상가루도 그것을 짐작하고 있을 거야."

"정말 일이 재미있게 되는군요."

주소령은 춘몽이 기개세의 발을 주무르는 것을 뚫어지게 주시할 뿐 두 사람의 대화는 귀에 들어오지 않았다. 그녀의 머릿속에서는 온갖 복잡한 생각들이 명멸하고 있었다.

"재미있기만 해?"

기개세가 빙그레 미소 지었다.

"그럼 또 뭐가 있죠?"

기개세는 발을 거두고 천천히 일어섰다.

"우리에게 좋은 기회가 찾아온 거지."

"기회라고요?"

기개세는 문으로 성큼성큼 걸어가면서 지시했다.

"사록이 오면 상가루가 지금 무엇을 가장 필요로 하는지 알아보라고 해."

춘몽은 알 것도 같고 모를 것도 같은 애매한 표정을 지으며 기개세의 뒷모습을 바라보았다.

"아아……."

욕실에서 알몸으로 혼자 쪼그리고 앉아서 목욕을 하고 있던 정향은 갑자기 안색이 해쓱해졌다.

그녀의 시선이 머문 곳은 약간 벌리고 있는 두 다리 사이의 바닥인데 그곳에 새빨간 피가 흥건히 고여 있었다.

그녀는 조심스럽게 고개를 숙여 자신의 옥문을 굽어보다가 소스라치게 놀랐다.

옥문 주위가 피에 젖어서 붉게 물들었고 뚝뚝 피가 흘러 바닥을 적시고 있는 모습을 발견한 것이다.

가파특과의 정사가 너무 격렬해서 자궁이 상처를 입은 것이 분명했다.

그것은 누구를 탓할 일이 아니다. 천검신문 태문주를 만난 이후부터는 오히려 그녀가 가파특에게 정사를 원하는 경우가 더 많았다.

가파특을 구워삶으려면 그가 밥보다 좋아하는 정사를 할 수밖에 없었다.

그녀는 여전히 정사를 두려워하고 있다. 그러나 그렇게 해야지만 자신과 가족이 모두 평화로운 대명국에 가서 살 수 있기 때문에 어쩔 도리가 없었다.

방법이 이것뿐이니 자궁이 아니라 온몸이 갈가리 찢어져도 할 수밖에 없는 것이다.

아니, 꼭 그런 목적이 아니더라도 그녀는 천검신문 태문주가 원하는 것을 반드시 이루어주고 싶었다.

한 마리 벌레처럼 꿈틀거리면서 살아온 미천한 신분인 그녀는 자신이 천하에 눈곱만큼이라도 도움이 될 수 있다는 사실이 감격스럽기까지 했다.

"아아… 어쩌면 좋아."

그런데 옥문에서 흘러나오는 피가 도무지 멈출 생각을 하지 않는다.

당황한 정향은 물로 옥문을 씻어내고 두 손으로 틀어막아 보았으나 역부족이다.

이제 피가 너무 흘러서 바닥 전체를 시뻘겋게 물들였다. 그것을 보니까 더욱 겁이 났고 당황했다.

이러다가 피를 너무 많이 흘려서 죽는 것이 아닌가 하는 생각이 들었다.

그녀는 의술에 대해서는 아무것도 모른다. 옥문에서 피가 나는 것은 월경(月經)인 줄 아는데, 지금은 월경을 할 때가 아니다.

정향은 악몽을 꾸었다. 꿈속에서 그녀는 수많은 창이 온몸을 마구 찔러서 만신창이가 되어 죽었다.

그녀는 두려운 마음으로 가만히 눈을 떴다. 제일 먼저 눈에 익은 천장이 보였다.

조심스럽게 두리번거리자 자신의 침상이 먼저 눈에 띄었고, 그다음에 침상 가에 앉아 있는 기개세가 보였다.

"아……."

그녀가 일어나려고 상체를 일으키자 기개세는 온화하게 미소 지으면서 손을 뻗어 이불을 덮고 있는 그녀의 어깨를 가만히 눌렀다.

"그냥 누워 있으시오."

"아… 소녀는 어떻게 된 건가요?"

기개세는 바라보는 것만으로도 마음이 편안해지는 미소를 지었다.

"욕실에 쓰러져 있었소."

그제야 정향은 어떻게 된 일인지 깨달았다. 그녀는 목욕을 하다가 옥문에서 피를 철철 흘리며 겁에 질렸던 것까지만 기억하고 있었다.

필경 기개세가 그녀를 발견하고 침상으로 안고 와서 눕혔을 것이라는 생각을 하자 너무 부끄러워서 이불을 얼굴 위까지 끌어당겼다.

그녀는 자신이 죽지 않고 살아 있는 것을 보면 기개세가 치료를 한 것이라고 생각했다.

잠시 후에 그녀는 이불을 살며시 내리고 눈을 감은 채 소곤거리듯이 입을 열었다.

"천신황제님께서 소녀를 살리셨군요."

"약간 치료를 한 것뿐이오."

정향은 아직도 부끄러움이 가시지 않아서 그를 바라보기는커녕 눈을 뜨지도 못했다.

그 모습을 보면서 기개세는 이처럼 순진한 소녀에게 그런 어려운 일을 시켰다는 자책감을 다시 느껴야만 했다.

정향은 그로부터 이각이 지나서야 간신히 부끄러움을 이겨내고 기개세를 돌아앉게 하고는 침상 위에서 옷을 입었다.

기개세가 욕실에 쓰러져 있는 알몸의 그녀를 침상에 눕히고 치료를 했지만 옷을 입혀주지는 않았다.

몸이 깨끗하고 옥문도 말끔한 것을 보면 기개세가 그녀를 씻겨준 것이 분명했다.

기개세가 호신막을 일으켜서 자신과 정향의 주위를 덮은 후에 그녀가 들려준 말은 충격적인 것이었다.

"가파륵 그 사람과 동료들은 지금의 황제, 그러니까 천상황에게 충성을 할 수가 없다고 말했어요."

기개세는 묻고 싶은 말이 있지만 그녀가 편하게 말을 하도록 그냥 내버려 두었다.

"그들은 자금성 안에서 하루 종일 무술을 수련하고 있을 뿐 별다른 일은 하지 않는다는군요."

어린 아내 정향을 진심으로 사랑하게 된 가파륵은 자신에 대해서 그녀에게 많은 이야기를 해주었다.

하지만 정향은 어떤 내용이 기개세에게 중요한지 몰라서 자신이 들은 이야기를 머릿속으로 정리하느라 설명을 하는 도중에 자주 멈추었다.

결과적으로 기개세가 그녀에게 들은 중구난방의 여러 이야기를 그가 필요한 것들만 정리하면 대략 이렇다.

울전대는 오직 한 사람, 전대 황제인 율가륵의 명령에만 복종했었다.

그런데 어찌 된 일인지 율가륵이 죽은 후에 그 명령권이 이반에게 이어지지 않았다.

그 이유는 율가륵이 지니고 있던 신물(信物)이 이반에게 전해지지 않았기 때문이다.

울전대는 그 신물을 지니고 있는 사람의 명령에만 따르도록 되어 있는 것이다.

울전대는 삼황사벌 일곱 개 세력에서 엄선된 최정예 고수들로 이루어져 있었다.

이십여 년 전, 삼황사벌을 통일한 율가륵은 그들을 무적군단(無敵軍團)으로 만들기 위해서 혼신의 힘을 기울여서 특수한 훈련을 시켰다.

그 결과 십여 년이 흘렀을 때 그들은 '울황위전신대'라는 이름으로 탄생했다.

그들 울전대는 율가륵의 친위대 같은 것이다. 그래서 율가특은 울전대를 가장 신임했다.

하지만 현재 울전대는 충성을 바칠 주인을 잃은 상태다.

율가특의 신물을 누가 갖고 있든지 울전대는 무조건 그 사람에게 충성해야만 한다.

그것이 율가특에 의해서 최초에 울전대가 만들어졌을 때 삼황사벌이 맺은 맹약이었다.

"그런데 가파특의 말에 의하면 그 신물을 갖고 있는 사람이 울제국의 진짜 황제라고 하더군요."

그때 정향이 잊고 있다가 방금 생각난 내용을 조심스럽게 말해주었다.

기개세는 조금도 예상하지 못했던 말에 뜻밖이라는 표정을 지었다.

'그렇다면 이반은 진짜 황제가 아닌 셈이로군.'

율가특은 기개세에게 졸지에 죽임을 당했기 때문에 신물을 누군가에게 줄 시간적 여유가 없었다.

하지만 그렇지 않더라도 황위는 이반이 물려받았을 것이다. 그가 율가특의 장남이며 태자이기 때문이다.

그때 문득 기개세는 의아한 생각이 들었다.

'그런데 내가 율가특을 죽일 당시에 울전대는 무얼 하고 있었기에 나타나지 않았던 것인가?'

만약 기개세가 자금성을 급습했을 때 울전대가 있었다면

율가륵은 죽지 않았을 것이고, 오히려 기개세가 위험한 상황에 처하게 됐을 것이다.

그 당시에 무슨 일이 있었는지 기개세는 모르고 있었다.

사실은 이반이 대명국을 총공격하기 위해서 부친 율가륵에게 통사정을 하여 울전대를 당분간 지휘할 수 있는 임시명령권을 위임받았었다.

그래서 울전대를 극비리에 대명국과의 접경 지역에 전진해서 배치시키고 총공격의 기회만을 노리고 있었다.

그런데 바로 그때 부친 율가륵이 죽었다는 급보가 날아든 것이다.

결국 이반은 대명국을 급습하지도 못하고 급히 자금성으로 돌아올 수밖에 없었다.

그 당시에 기개세는 울전대라는 조직이 존재한다는 사실조차도 모르고 있었다.

그들의 존재가 얼마나 비밀스러웠으면 그 당시 천라대의 촉각에 전혀 감지되지 않았던 것이다.

그런 저간의 사정을 알지 못하는 기개세가 뒤늦게 그것을 궁금하게 여기는 것은 당연하다.

그때 정향이 기개세의 표정을 살피면서 말했다.

"그 신물의 이름이 항세검(降世劍)이라고 했어요."

"항세검."

기개세로서는 처음 들어보는 이름이다. 하지만 그것이 바로 울전대의 주인이 될 수 있는 신물이다.
항세검. 세상을 굴복시킨다는 이름의 검이다.
"그런데……."
정향이 더욱 조심스러운 표정을 지었다.
"소녀와 저희 가족은 언제쯤 대명국에 갈 수 있나요? 아니면 더 시킬 일이 있으신가요?"
기개세는 빙그레 미소 지었다. 정향은 그에게 기대했던 이상의 정보를 제공해 주었다.
"언제 가고 싶소?"
정향은 두 손을 가슴에 모으고 간절한 표정을 지었다.
"지금 당장에라도 가고 싶어요."
"그럼 갑시다."
"정… 말인가요?"
너무도 꿈같은 말이라서 정향은 천검신문 태문주가 거짓말을 하지 않을 것이라는 사실을 알면서도 믿어지지 않는다는 표정을 지었다.

한 시진 후 북경성 남문인 영정문(永定門) 밖 관도.
화려한 사두마차 한 대가 정지해 있으며 그 옆에는 기개세가 우뚝 서 있었다.

기개세는 미소를 지으면서 마차의 창을 통해서 안을 굽어보고 있었다.

마차 안에는 정향과 그녀의 부모, 그리고 두 명의 동생이 올망졸망 옹송그리고 앉아서 기개세를 바라보고 있었다.

이들 가족의 얼굴에는 뭐라고 형언하기 어려운 고마움과 존경의 표정이 가득 떠올랐다.

"천신황제님……."

정향은 눈물을 비 오듯이 흘리면서 차마 말을 잇지 못하고 기개세만 바라보았다. 하고 싶은 말이 너무 많아도 말을 하지 못하는 법이다.

우는 사람은 그녀만이 아니다. 긴 세월 동안 고생을 한 흔적이 얼굴에 고스란히 드러나 있는 그녀의 부모는 감히 고개를 들어 기개세를 바라볼 엄두도 내지 못한 채 어깨를 들먹이며 눈물을 흘리고 있었다.

평생 부적처럼 달고 살던 그놈의 몸 고생에서 벗어나 보려고 어린 딸을 팔아서 호의호식하고 있었던 부모는 그동안 한 가지 큰 사실을 깨달았다.

몸이 힘들고 고달파서 끼니때마다 시래기죽을 끓여 먹더라도, 한 가족이 죄짓지 않고 오순도순 사는 것이 진정한 행복이라는 사실을 말이다.

사랑하는 어린 딸을 이 땅을 강탈한 생면부지의 오랑캐에게 돈 몇 푼에 선뜻 내어준 부모의 심정이 어떻겠는가.

먹고사는 것이 무어라고 딸을 팔아놓고는, 그것이 못내 가슴 아프고 또 그 딸이 눈에 밟히듯 보고 싶어서 하루 종일 눈물로 지새워야 하는 부모의 생가슴을 찢어내는 듯한 마음고생은 몸 고생 따위에 비할 바가 아니었다.

그것을 진작 깨달았으면 억만금을 준다고 해도 딸을 팔지 않았을 것이다.

하지만 이미 엎질러진 물이라서 아무리 후회해도 돌이킬 수는 없는 일이 돼버렸다.

이제는 더 이상 뼈가 부서질 듯한 힘겨운 고생을 하지 않아도 세 끼 따뜻한 밥을 먹고살 수 있게 되었으나 부모는 어린 딸을 생각하면서 하루도 후회의 눈물을 흘리지 않은 날이 없었다.

같은 북경성 내에 살면서도 딸을 만날 수도 없을 뿐만 아니라 죽었는지 살았는지 생사조차 알 수 없으니 그야말로 땅을 치고 통탄할 노릇이었다.

그런데 지금부터 불과 한 시진 전에 느닷없이 딸이 자신들 앞에 신기루처럼 나타난 것이다.

그뿐만 아니라 딸과 함께 나타난 사람은 대륙의 만백성이 하늘처럼 존경하고 숭상하는 천신황제가 아닌가.

놀라움은 그게 끝이 아니었다. 천신황제께서 너무도 큰 은혜를 베풀어 이들 가족 모두를 꿈에 그리던 대명국으로 보내 주신다는 것이다.

그래서 이제는 가족이 두 번 다시 헤어지지 않고 배불리 먹으면서 행복하게 살 수 있다고 하니 꿈도 이런 꿈은 꿔본 적이 없었다.

"대명국에 그대들이 살 곳을 마련해 주라고 했으니 부디 행복하게 잘사시오."

기개세는 정향의 어깨를 부드럽게 토닥여 주며 빙그레 미소 지었다.

그러자 정향은 펑펑 눈물을 흘리며 그를 바라보다가 갑자기 마차 문을 열고 나와서 그의 품으로 뛰어들었다.

"흑흑흑……!"

그녀는 아무 말도 하지 못하고 그저 온몸을 떨면서 흐느껴 울기만 했다.

하지만 기개세는 그녀의 속마음을 짐작하고 가만히 등을 두드려 주었다.

정향은 한참을 운 다음에야 떨어지지 않는 발걸음을 옮겨 마차에 올랐다.

기개세가 어자석의 천검신문 고수에게 손짓을 하자 고수는 공손히 허리를 굽힌 후에 마차를 출발시켰다.

우두두두!

정향은 떠나가는 마차의 창으로 상체를 내밀고 기개세를
보며 하염없이 울었다.

기개세는 그녀가 단지 고마워서 저렇게 우는 것이라 생각
하고 있다.

하지만 여자의 눈물의 의미는 실로 복잡하기 때문에 우는
자신도 왜 우는지 모를 때가 종종 있다. 하물며 기개세가 그
녀의 눈물을 어찌 알겠는가.

第百四十四章
사랑을 위하여

대사부

북경성으로 다시 돌아온 기개세는 동풍장으로 향했다.
동풍장으로 가는 길목에는 정향이 가련하게 웅크리고 살았던 장원이 있다.
그는 장원 앞을 발걸음도 가볍게 걸어갔다. 이제는 이 장원에 정향이 없다.
그녀는 더 이상 오랑캐에게 몸과 마음을 짓밟히지 않아도 되는 곳으로 가고 있는 중이다.
그런 생각을 하니까 기개세는 앓던 이가 빠진 듯 속이 후련해지는 것을 느꼈다.

이곳은 번화가가 아니라서 한적하기 때문에 왕래하는 사람이 그리 많지 않았다.

울황호위총부의 고수들, 즉 울호고수 다섯 명이 장원 곳곳에서 감시를 하고 있지만 그들은 기개세의 얼굴을 모르기 때문에 신경 쓸 필요가 없다.

그들이 모르고 있는 것은 그뿐이 아니다. 정향이 감쪽같이 사라진 사실조차도 모르고 있다.

정향을 안은 기개세가 투명한 호신막으로 자신의 몸 주위를 둘러서 빛이 굴절되게 만들었기 때문에 그가 버젓이 방에서 나와 유유히 사라지는 광경을 울호고수들은 뻔히 눈을 뜨고도 발견하지 못한 것이다.

기개세는 장원 쪽에 눈길도 주지 않은 채 전문 앞을 스쳐 지나갔다.

지금 그의 머릿속은 죽은 율가륵이 울전대의 주인이 될 수 있는 신물 항세검을 어떻게 했을까에 대한 생각으로 가득 차 있었다.

한 가지 분명한 것은, 이반이 항세검을 갖고 있지 않다는 사실이다.

그는 항세검을 찾기 위해서 부친 율가륵의 거처는 물론이고 부친과 연관되는 것이라면 하나도 빼놓지 않고 샅샅이 뒤졌을 것이다.

'이것은 기회다.'

항세검이 나타나지 않는 한 울전대는 무슨 일이 벌어져도 움직이지 않을 터이다.

정향은 큰일을 해주었다. 그녀가 아니었으면 기개세는 이런 사실을 까맣게 모르고 있었을 것이다.

그때 문득 기개세는 맞은편에서 마주 걸어오고 있는 한 인물에게 시선이 고정되었다.

붉은 홍포를 입었으며 키가 기개세만큼이나 크고 체격은 더 우람한 인물이다.

'가파륵!'

기개세는 가파륵을 한 번도 본 적이 없지만 그를 보는 순간 가파륵일 것이라고 직감했다.

홍포인은 정면만을 주시한 채 흔들림없는 완강한 걸음걸이로 기개세 곁을 닿을 듯이 스쳐 지나갔다.

기개세는 가파륵과의 거리가 한 뼘도 채 되지 않는 짧은 거리에서 그에게서 뿜어지는 극강한 기운을 느꼈다.

원래 무공이 절정에 달할수록 기도가 안으로 갈무리되는 법인데 이자는 그 반대다.

문득 기개세는 춘몽이 울전대를 표현한 '전귀'라는 말이 떠올랐다.

기개세는 수많은 싸움과 전투를 치러봤기 때문에 무공이

사랑을 위하여 191

고강한 자가 전투를 잘하지는 않는다는 사실을 잘 알고 있다.
 그렇다면 울전대 인물들은 무공하고는 차원이 다른 싸움을 구사한다는 뜻이다.
 기개세는 가파륵이 곧 정향이 사라진 것을 알고 어떤 표정을 지을지 조금 궁금하게 여기면서 그곳을 벗어났다.

 기개세는 정오 무렵에 동풍장에 귀가했으나 그때까지도 사록이 오지 않았다는 것이다.
 그제야 그는 조금 걱정되기 시작했다. 그가 이렇게 늦도록 오지 않을 이유가 없기 때문이다.
 그래서 그는 사록이 있는 천라대 북경 지부 풍림각에 직접 가보기로 마음먹었다.
 그가 동풍장에 돌아와서 채 일각도 지나기 전에 다시 나가려고 하는데 한 명의 천검신문 고수가 다급히 달려들어 왔다. 그는 정향 가족을 대명국까지 호위하고 갈 세 명의 고수 중 한 명이었다.
 문득 기개세는 불길한 예감이 들었다. 그리고 그의 예감이 적중하는 데에는 오랜 시간이 걸리지 않았다.
 고수는 기개세를 보고서도 예를 갖출 여유도 없이 급히 보고했다.
 "주군, 가파륵이 정향 소저 가족을 붙잡고 있습니다."

"가파륵이?"

기개세의 안색이 급변했다. 그는 설마 그런 일이 벌어질 것이라고는 예상하지 못했다.

도대체 그자가 정향 가족이 있는 곳을 어떻게 알았는지 모를 일이다.

그러나 이 일은 촌각을 다투는 일이다. 의문을 푸는 것보다는 정향 가족을 구하는 일이 급선무다.

"어디냐?"

"대흥현(大興縣) 조금 못 미치는 관도입니다."

대흥현이라면 북경성에서 남쪽으로 오십여 리 거리에 있는 제법 큰 현이다.

정향 가족이 그렇게 빨리 가파륵에게 붙잡혔다는 사실이 믿어지지 않았다.

기개세는 동풍장에서 수직으로 허공 백여 장까지 솟구쳤다가 어풍비행을 전개하여 불과 일다경 만에 정향 가족이 있는 곳에 당도했다.

허공중에 떠 있는 상태에서 관도 상에 벌어진 어떤 광경을 발견한 그는 심장이 멎어버리는 충격을 받았다.

관도 가장자리에는 한 대의 마차가 멈춰 있었고, 그 주변에 여러 구의 시체가 여기저기에 어지럽게 널브러져 있으며, 관도를 왕래하던 사람들이 빙 둘러서서 지켜보고 있는 광경이 었다.

그 광경을 보고 기개세는 가슴이 철렁 내려앉았다.

그는 그 시체들이 정향 가족과 그들이 탄 마차를 몰던 천검신문 고수, 그리고 암중에서 그들을 호위하던 또 한 명의 천검신문 고수라는 것을 한눈에 알아보았다.

기개세는 추호의 기척도 없이 구경꾼들의 뒤쪽에 내려섰다가 사람들을 헤치고 시체들이 널브러져 있는 곳으로 가까이 다가갔다.

순간 그의 두 눈이 부릅떠졌으며 짙은 검미가 확 꺾이면서 분노의 표정이 가득 떠올랐다.

그의 시선은 정향에게 뚫어지게 고정되었다. 그녀는 무릎을 꿇고 있는 자세에서 미간에 손톱만 한 구멍이 뚫려서 즉사한 상태였다.

찰나지간에 숨이 끊어졌는지 자세도 얼굴 표정도 바꾸지 못한 모습이었다.

그녀는 무릎을 꿇고 마치 간절하게 무엇인가를 빌고 있는 듯한 자세며 표정이었다.

기개세는 그녀가 무엇을 빌었는지 짐작할 수 있었다. 그녀는 필경 가파륵에게 자신과 가족을 제발 놓아달라고 애원했을 것이다.

그리고 가파륵은 그녀와 가족들을 놓아주는 대신 죽이는 것을 선택한 것이 분명하다.

가파륵이 정향을 죽였다는 것은, 돌아가자고 아무리 설득을 해도 듣지 않았기 때문일 것이다.

만약 부모가 북경성으로 다시 돌아갈 것을 그녀에게 간곡히 설득했다면 마음이 약하고 효심이 지극한 그녀는 거절하지 못했을 것이다.

그러나 부모도 그녀가 마음을 바꾸는 것을 설득하지 않은 것이 분명하다.

정향의 두 눈에는 간절한 빛이 서려 있었으며, 뺨에는 아직 마르지 않은 눈물이 흐르고 있었다. 그로 미루어 그녀가 죽기 직전까지 얼마나 애절하게 가파륵에게 애원했는지를 알 수 있었다.

정향 뒤에는 부모와 두 동생이 무릎을 꿇고 서로 꼭 끌어안은 상태에서 역시 한결같이 미간에 손톱만 한 구멍이 뚫려서 즉사한 모습으로 있었다.

정향이나 부모와 두 명의 동생도 반항을 한 흔적이 추호도 없었다.

그로 미루어 그들은 가파륵에게 자신들을 놓아줄 것을 빌다가 죽은 듯했다.

반면에 천검신문 고수들은 시신을 알아보기 어려울 정도

로 갈가리 찢어진 채 처참하게 죽은 모습이다.

가파륵이 분노를 그들에게 터뜨리는 것이 분명하다. 그들은 목숨을 던져 정향과 가족을 보호하려고 했을 것이다. 그러나 가파륵에게는 역부족이었다.

정향 가족을 인솔하는 이런 경우에는 보통 세 명의 천검신문 고수가 한 조를 이룬다.

한 명은 말을 몰고, 두 명은 암중에서 보호를 하는데, 그중 한 명이 기개세에게 알리러 달려왔던 것이다.

구경꾼들은 안됐다는 듯 측은한 표정을 지으며 웅성거렸으나 시체에 손을 대지는 않았다.

누군가의 말을 들으니까 신고를 했기 때문에 곧 관병(官兵)들이 달려올 것이라고 했다.

기개세는 가슴속에 수만 근 무게의 납덩이를 담고 있는 것처럼 답답했다.

정향과 그녀의 가족은 기개세가 죽인 것이나 다름이 없다.

그녀는 기개세에게 울전대에 대해서 너무도 귀중한 정보를 알려주었다.

그 정보를 얻기 위해서 그녀는 가파륵에게 거짓 사랑을 고백하고 열여섯 어린 몸을 짐승 같은 자에게 내던졌다.

오직 자신과 가족들이 대명국에 가서 행복하게 살게 될 것만을 고대하면서 그랬던 것이다.

그런데 결과는 대명국에서의 행복한 삶이 아니라 처참한 죽음이었다.

기개세는 정향이 죽어가는 마지막 순간에 자신을 원망했을 것이라는 생각을 하자 가슴이 갈가리 찢어지는 것처럼 괴로웠다.

정향은 북경성으로 되돌아가서 예전처럼 살 수도 있었으나 끝내 죽음을 선택했다. 그녀의 부모와 동생들까지 그 뒤를 따랐다. 가축처럼 사육을 당하느니 차라리 영혼의 자유를 선택한 것이다.

기개세는 두 발에 뿌리가 내린 듯 그 자리에서 꼼짝도 하지 않고 정향을 쏘아보았다.

그 자리를 떠날 수가 없고, 정향에게서 눈을 뗄 수도 없었다. 도대체 어떻게 해야지만 그녀와 가족에게 용서를 구할 수 있다는 말인가. 그 생각만 머릿속에 가득 차 있었다.

그때 그의 귓전에 수하의 전음이 들렸다.

[주군, 대흥헌 쪽에서 관병이 오고 있습니다. 반 각 안에 도착할 것입니다.]

동풍장에서 그를 뒤따라온 수하들이었다.

그는 지그시 어금니를 악물었다. 애통하게 죽은 정향과 가족의 시신을 오랑캐에게 넘겨줄 수는 없다.

[시신을 수습해라.]

명령을 내리고 몸을 돌리는 그의 얼굴이 분노로 보기 싫게 일그러졌다.

'가파륵 이놈!'

기개세는 그로부터 다섯 호흡이 채 지나기도 전에 가파륵을 발견했다.

가파륵을 만나려고 전력으로 질주하여 이십여 리 거리를 불과 다섯 호흡 만에 달렸다.

가파륵은 정향과 그녀 가족을 죽인 후에 북경성을 향해서 묵묵히 걸어가고 있었다.

기개세는 속도를 늦추고 열 걸음쯤 뒤에서 가파륵을 따라가기 시작했다.

그는 아직 어떻게 할 것인지 결정을 내리지 못한 채 무작정 가파륵을 뒤쫓아왔다.

정향과 그녀의 가족, 어린 두 동생까지 몰살시킨 가파륵에 대한 분노로 인해서 지금 그는 어느 정도 이성을 상실한 상태다.

하지만 그가 가파륵을 죽이게 되면 괜한 분란을 일으키게 될 것이 분명하다.

그래서 그로 인해 골치 아픈 일이 벌어질 수도 있다는 이성적인 생각도 조금쯤은 하고 있다.

그는 일다경 이상 동안 가파륵을 따라서 걸으면서도 결정을 내리지 못했다.

그의 머릿속에는 정향의 순진무구한 모습이 가득 차 있다. 그녀는 떠나기 전에 마차에서 내려 기개세 품에 안겨 하염없이 눈물을 흘렸었다.

대명국에 가서 행복한 삶을 살게 됐다는 기쁨과 고마움을 그녀는 말로 다하지 못하고 눈물로써 표현했다고 기개세는 생각했다.

'불쌍한 정향의 복수도 해주지 못하면서 어찌 천하 대사를 논하겠는가!'

가슴속에서 불덩어리 같은 분노가 점점 더 커져서 주체하지 못할 지경에 이르렀다.

천검신문 태문주의 임무는 만백성을 평안하게 만들어주는 것이다.

그렇다면 정향과 그녀의 가족도 만백성이고, 그들을 죽인 가파륵을 죽여서 복수를 하는 것은 당연한 일이라고 그는 자신이 가파륵을 죽이려고 하는 행위를 정당화시켰다.

'나중에 어찌 되든 지금 이놈을 죽이지 못한다면 내가 어찌 정향의 원혼을 대하겠는가!'

이를 악물고 가파륵을 죽이겠다고 결심한 기개세는 미끄러지듯이 그의 뒤로 바짝 다가갔다.

그렇지만 비열하게 뒤에서 암습을 가하고 싶은 생각 따윈 추호도 없다.

그것은 정향도 원하지 않을 것이다. 가파륵이 무엇 때문에 죽는지 똑똑히 알게 한 다음에 죽이고 싶다.

"가파륵."

그의 조용한 부름에 가파륵이 뚝 걸음을 멈추었다. 하지만 조금도 놀라는 기색이 아니다.

길을 걸어가다가 누군가 추호의 기척도 없이 자신의 바로 뒤에서 이름을 부르면 어느 누구라도 놀라게 마련인데 가파륵은 놀라기는커녕 천천히 뒤로 돌아섰다. 암습을 하려면 해 보라는 식이다.

대단한 강심장이든지 아니면 자신의 실력에 대해서 확신을 갖고 있기 때문일 것이다.

기개세와 가파륵은 세 걸음 정도 거리를 두고 서로 마주 서서 쳐다보았다.

가파륵은 기개세가 어떻게 자신의 이름을 알고 있는지, 왜 불렀는지 일체 묻지 않고 쳐다보기만 했다.

얼굴 표정도 그냥 하나의 차가운 쇳덩이처럼 굳어 있어서 무슨 생각을 하고 있는지 감을 잡을 수가 없다.

그러나 가파륵을 쏘아보는 기개세의 얼굴은 은은한 분노로 물들어 있었다.

그는 자신의 분노를 감추고 싶은 생각이 없다. 아니, 분노는 점점 더 짙어져서 살기로 변하고 있다.

그때 문득 가파륵의 눈빛이 푸르스름하게 변했다. 그는 눈빛으로 분노를 표출하고 있다.

그리고 두툼하고 건조한 입술을 달싹이며 먼지가 날리는 듯한 목소리가 흘러나왔다.

"네놈이로군, 정향을 꼬드긴 놈이."

그는 기개세의 얼굴에 떠오른 분노만 보고도 일이 어떻게 된 것인지 간파했다. 그렇다면 그는 매우 명석한 두뇌를 지녔다는 뜻이다.

기개세의 입술이 비틀어지며 짓눌린 듯한 목소리가 새어나왔다.

"너를 죽여야겠다. 정향과 그녀의 가족을 뒤따라가서 사죄해라."

그런데도 가파륵은 표정 하나 변하지 않았다. 그도 필경 기개세를 죽이고 싶은 마음이 있을 텐데 살기는커녕 처음의 표정 그대로다.

가파륵은 기개세를 살피지 않았다. 상대가 고강하든 시정잡배든 상관하지 않는다는 뜻이다. 그것은 오직 강자만이 지니고 있는 두둑한 여유다.

슈우…….

그 순간 기개세에게서 흐릿한 무엇인가 가파륵을 향해 빛보다 빠르게 뿜어졌다.

오른발이다. 그는 천신기혼이 아닌 실제 발을 내뻗고 있는 것이다.

기개세는 천신기혼이 아닌 실제로 손을 대서 가파륵을 죽이고 싶었다. 그렇게 해야지만 속에 있는 분노가 조금이라도 풀릴 것 같았다.

뻐억!

그의 발은 가파륵의 가슴팍을 무지막지하게 내지르며 큰 소리를 냈다.

가파륵이 제아무리 울전대 고수라고 해도 느닷없이 내지르는 기개세의 발길질을 피할 수는 없을 터이다.

그 한 방의 발길질에는 족히 십만 근 이상의 무시무시한 위력이 실려 있다.

그러므로 가파륵은 적중당한 가슴을 중심으로 뼈와 내장이 으스러져서 즉사를 면하지 못할 것이다.

과연 가파륵은 빨랫줄처럼 일직선으로 허공을 쏜살같이 날아가서 이십여 장 밖 관도 바닥에 나뒹굴었다.

그 광경을 보면서 기개세는 그를 너무 간단하게 죽였다는 것에 대한 후회가 생겼다.

하지만 그의 후회는 길지 않았다. 이십여 장 밖에 호되게 나뒹굴었다가 땅바닥을 긁으면서 다시 오 장이나 밀려갔던 가파특이 벌떡 일어나더니 곧장 이쪽으로 쏘아오는 것을 발견한 것이다.

그 광경을 보고 기개세는 놀라기보다는 오히려 잘됐다는 생각이 들었다. 그의 분노는 아직 일 할조차도 풀리지 않은 상태다.

그런데 가파특의 쏘아오는 속도가 예상했던 것 이상으로 빨라서 놀랐다.

쓰러졌다가 벌떡 일어나서 쏘아오는 것 같더니 눈 한 번 깜빡이는 순간에 어느새 기개세의 대여섯 걸음 앞까지 쇄도하고 있었다.

아니, 쇄도한다고 여기고 있을 때에는 이미 코앞까지 들이닥치면서 주먹을 내뻗고 있었다.

물체가 허공을 빠르게 가르면 파공음이 발생하게 마련인데, 가파특의 주먹질은 아무런 소리도 나지 않았다.

'지독하게 빠르다!'

게다가 기개세마저도 놀라게 만드는 쾌속하기 짝이 없는 빠르기다.

그러나 기개세는 피하지 않았다. 피할 필요가 없었다. 어느 물체든지 이쪽에서 저쪽으로 이동을 하게 되면 파장(波長)이라는 것이 일게 마련이고, 그 파장이 기개세의 몸에 전해지면서 자연적으로 피해지게 되기 때문이다.
 말하자면 그가 구태여 피하려고 하지 않아도 물체가 일으키는 파장에 몸이 자연스럽게 반응을 하여 피한다는 것이다.
 "……!"
 그런데 어느 순간 기개세는 움찔했다. 가파륵의 주먹질에는 전혀 파장이 일지 않았다.
 그것을 깨닫는 순간 가파륵의 주먹이 어느새 그의 가슴을 때리고 있었다.
 쾅!
 "흑!"
 이것은 전혀 예상하지 않았던 상황이다. 기개세는 가슴 한복판에 묵직한 충격을 느끼며 자신도 모르게 헛바람을 소리를 내면서 뒤로 붕 날아갔다.
 말 그대로 완전히 방심하고 있다가 일격을 당한 것이다.
 충격은 그다지 크지 않았다. 가슴이 뻐근한 정도일 뿐 뼈를 다치거나 내상을 입지는 않았다. 하지만 그보다도 정신적인 충격이 더 컸다.
 기개세가 울전대에 대해서 갖고 있는 선입견은 그들은 각자일 때에는 약하지만 일만 명이 뭉쳤을 때에는 절대무적이라는 것이다.
 그런데 지금 기개세에게 일격을 적중시킨 가파륵은 절대

로 약하지 않았다.

 아니, 강하다 약하다고 평가를 내리기가 애매하다. 이런 종류의 무공을 사용하는 자를 기개세로서는 처음 대하기 때문이다.

 기개세가 충격에 의해서 뒤로 튕겨 날아가자 가파륵은 그보다 더 빠르게 다가와 아직 날아가고 있는 상태인 기개세를 공격했다.

 슈우…….

 가파륵의 왼 주먹이 아래에서 위로 솟구치며 기개세의 턱을 올려쳐 왔다.

 묵직한 위력이 실려 있는데도 첫 번째 가슴을 가격한 것보다 더 빨라진 속도다. 빨라졌기 때문에 파공음이 미약하게 일었다.

 그런데 여전히 가파륵의 주먹질에는 파장이 일지 않았다. 그러므로 기개세는 몸이 알아서 피해주는 것을 포기할 수밖에 없는 상황이다.

 그렇지만 가파륵의 주먹이 제아무리 빠르다고 해도 기개세가 방심하고 있지 않는 이상 피하지 못한다는 것은 말이 되지 않는다.

 기개세는 뒤로 튕겨 날아가는 것을 언제라도 멈출 수 있으나 그러지 않았다.

그는 상체를 슬쩍 뒤로 젖혀서 가파륵의 주먹을 간단하게 피해 버렸다.

그런데 그가 반격을 하려는 순간 가파륵의 오른 주먹이 어느새 옆구리로 파고들고 있었다.

인간이 어떤 동작을 하려면 반드시 시작이 있고 또 마무리가 있게 마련이다.

그래서 한 동작이 끝나야지만 그다음 동작을 연결시킬 수가 있는 것이다.

두 동작을 한꺼번에 할 수는 없다. 그러려면 두 개의 뇌가 필요하기 때문이다.

그런데 가파륵은 왼 주먹으로 기개세의 턱을 올려치는 동작이 채 끝나기도 전에 오른 주먹으로 옆구리를 공격하고 있는 것이다.

그러려면 왼 주먹이 상대를 속이는 허초여야 하고 오른 주먹이 실초여야만 한다. 그런데 두 주먹 다 실초다.

그것은 두 가지 동작을 한꺼번에 한 것이나 다름이 없다. 아니, 가파륵은 기개세의 턱을 올려쳤던 왼 주먹으로 이번에는 복부를 가격하기 시작했다.

그러는 와중에도 오른 주먹은 여전히 옆구리를 공격해 오고 있는 중이다.

이제 기개세의 입장에서는 피하는 것만으로는 방어를 할

수 없게 되었다. 막거나 반격을 해야 한다.

후웃!

찰나, 기개세의 가슴 어림에서 한 덩이 천신기혼이 반투명하게 번뜩이며 뿜어졌다.

뿌악!

득달같이 달려들던 가파륵은 또다시 가슴 한복판에 일격을 당하고 공격을 멈추었다.

하지만 그는 처음처럼 뒤로 튕겨져 날아가지 않았다. 단지 주춤하며 뒤로 반 장가량 물러나는가 싶더니 재차 기개세를 공격하기 시작했다.

처음에는 방심을 하고 있다가 발길질에 이십여 장이나 날아갔으나 지금은 공력을 끌어올린 상태라서 단지 주춤한 것뿐이다.

'이놈……'

기개세는 비로소 가파륵을 만만하게 다루어서는 안 되겠다는 생각이 들었다.

그는 관도에 사람들이 하나둘씩 모여들기 시작하는 것을 발견하고 훌쩍 신형을 위로 뽑아 올려 관도 옆 넓은 논 위를 쏘아갔다.

가파륵은 기개세가 도망치는 것이라고 생각하여 전력으로 추격해 왔다.

기개세는 가파륵이 정향과 그녀 가족을 죽인 복수를 하려는 것이고, 가파륵은 기개세가 자신으로 하여금 정향과 그녀 가족을 죽이게 만든 복수를 하려는 것이다.

기개세는 가파륵이 충분히 따라올 수 있도록 일부러 느리게 날아갔다.

논을 건너 관도에서 삼백여 장 이상 떨어진 야트막한, 그러나 잡목이 우거진 숲의 공터에 내려선 그는 두 손을 늘어뜨리고 가파륵을 기다렸다.

그는 가파륵이 현재 울전대의 무기를 지니고 있지 않은 것을 아쉽게 생각했다.

그들이 지니고 있는 그 독특하고 괴이한 무기들이 어떤 기능을 지니고 있으며 또 얼마나 대단한 위력이 있는지 실제로 시험해 보고 싶었다.

가파륵은 나무가 빽빽한 숲을 거의 직선으로 기개세를 향해 돌진해 왔다.

기개세는 그가 장력이나 강기를 사용하지 않을까 생각했는데 역시 처음처럼 육장으로 공격해 왔다.

그는 아예 공력을 허공을 격하여 발출하는 자체를 할 줄 모르는 것 같았다.

가파륵은 거세게 쏘아오던 기세를 빌어 기개세의 얼굴을 향해 오른 주먹을 뻗었다.

기개세는 반격을 할까 하다가 과연 울전대의 실력이 어느 정도인지 일단 두고 보기로 했다.

분노로 마음이 들끓으면서도 그런 냉정한 이성이 작용한다는 것이 신기했다.

아무런 기척도 없이 마치 처음부터 물러나 있었던 것처럼 기개세는 뒤로 일 장, 그리고 왼쪽으로 일 장을 한 동작처럼 피했다.

휴우웅!

그런데 가파륵은 마치 기개세가 그곳으로 피할 것을 미리 알고 있었다는 듯이 방향을 꺾어 이번에는 왼쪽 발끝으로 기개세의 오른쪽 목을 노리고 후려쳐 왔다.

기개세의 움직임은 찰나지간에 공간을 이동하는 것처럼 빠른데다가 움직이기 전의 어떠한 예비 동작도 없다. 그런데도 가파륵은 기개세의 그림자처럼 따라붙었다.

가파륵은 예비 동작을 읽는 놀라운 재주를 지니고 있는 것이 분명했다.

만약 기개세가 아닌 다른 고수였다면 가파륵에게 예비 동작을 간파당해서 피한 직후 자세를 바로잡기도 전에 공격을 당했을 것이다.

기개세는 다리나 어깨를 조금도 흔들지 않고 아주 조금씩만 이동을 하며 가파륵의 공격을 피하면서 그의 공격 수법을 세밀하게 관찰했다.

쩌쩡! 떵! 떵! 파파팡!

가파특이 연이어 공격을 할 때마다 커다란 항아리 속에 들어가서 손뼉을 세게 치는 듯한 소리가 마구 터져 나와 숲 속에 울려 퍼졌다.

가파특이 두 주먹과 두 발을 뻗어서 허공을 짧고 강하게 끊어 칠 때 발생하는 음향이다.

얼마나 힘이 들어가 있으면 격타당한 허공이 쩌르릉쩌르릉 전율을 일으킬 정도다.

가파특은 한 차례 호흡에 무려 십여 차례 이상 소나기처럼 공격을 퍼부었다.

또한 도저히 공격할 수 없는 각도에서 주먹질과 발길질이 쏟아져 나왔다.

기개세는 잠시도 멈추지 않고 물 흐르듯이 피했고, 가파특은 그림자인 양 따라붙으면서 끊임없이 공격을 퍼부었다. 그러나 두 사람이 움직이는 공간은 기껏해야 반경 삼 장 이내에 불과했다.

가파특의 공격은 가히 각도 없이 아무 곳에서나 튀어나오는 무단변각(無斷變角)이다. 만약 육장이 아니라 저 손에 도검이나 다른 무기가 쥐어져 있다면 웬만한 절정고수라고 해도 배겨나지 못할 것이다.

꽝!

우지직!

빗나간 가파륵의 주먹에 적중된 한 그루 거목이 지푸라기처럼 맥없이 부러져 나갔다.

장력을 사용하지 못할 뿐이지, 웬만한 고수라면 주먹이나 발길질에 제대로 한 대 맞으면 즉사고 스치기만 해도 크게 다칠 정도다.

공격하는 것을 보면 가파륵은 고수라기보다는 군사 쪽에 가까웠다.

그렇다고 고수는 강하고 군사는 약하다는 뜻이 아니다. 가파륵을 대하면 그런 상식은 여지없이 깨져 버린다.

이런 자가 일만 명이나 모여 있는 것이 울전대라니, 가히 무적군단이라는 소리를 들을 만했다.

더구나 저 손에 그들의 익숙한 기문병기가 쥐어진다면 호랑이에게 날개를 달아주는 격이지 않겠는가.

관도에서 이곳 숲으로 들어온 이후의 싸움에서 가파륵은 일각 동안 무려 오백여 차례의 주먹질과 발길질을 쏟아냈지만 기개세의 옷자락조차 건드리지 못했다.

그러자 그때부터 그는 여태까지와는 또 다른 공격을 펼치기 시작했다.

우직!

그는 갑자기 한 그루 나무에서 손목 굵기에 석 자 길이의 나뭇가지 하나를 꺾어 들었다.

그리고는 나뭇가지를 목검 삼아서 득달같이 덤벼들며 공격하기 시작했다.

쾌액!

그런데 목검 공격이 지독하게 빠르고 정확하다. 뿐만 아니라 나뭇가지가 허공을 가르는 소리가 거대한 폭포가 낙하하는 소리와 흡사했다.

가파륵이 나뭇가지를 휘두르는 솜씨는 어이없을 정도로 단순했다. 오로지 한 군데만 노리고 짓쳐온다.

세상에 존재하는 어떤 싸움이든 최후의 목적은 승리다. 그것을 위해서는 여러 가지가 필요하지만, 그중 가장 중요하고 필수적인 것이 빠름과 정확함이다.

가파륵의 검술은 일체의 군더더기나 멋스러움을 완벽하게 배제한, 철저하게 빠름과 정확함으로만 무장되었다. 적을 죽이는 것에만 치중한 것이다.

싸움에서 그것이면 족하다. 아니, 최상이다. 상대가 아무리 화려하고 위력적인 수법을 발휘한다고 해도 그보다 한발 먼저 상대의 급소를 적중시킨다면 무조건 이긴다. 말하자면 꿩 잡는 게 매라는 뜻이다.

가파륵이 나뭇가지를 목검처럼 사용하면서 그의 공격력이

절반 이상 증가되었다.
 그는 한 번에 한 군데 급소만을 노리고 나뭇가지를 휘두르고, 연이어서 공격을 하는데 얼마나 빠른지 마치 소나기가 쏟아지는 것 같았다.
 그러나 기개세는 호신막을 사용하지 않고서도 나뭇가지에 옷자락조차 스치지 않았다.
 가파륵은 기개세의 급소를 정확하게 노리면서 숨 쉴 틈을 주지 않고 공격을 퍼부었다. 그리고 모조리 허공을 가격하거나 나무들을 부러뜨리는 데에도 공격을 멈추지 않았으며 표정조차 변하지 않았다.
 또한 추호도 지친 기색을 보이지 않았다. 누군가 멈추게 하지 않으면 언제까지나 공격을 퍼부을 것 같았다. 싸움에서 가장 방해되는 요소가 불필요한 감정인데, 가파륵은 그런 감정마저 철저히 배제된 듯했다.
 그가 휘두르는 것은 볼품없는 나뭇가지에 불과하지만, 그것에 적중되면 아름드리나무든 바위든 여지없이 부러지고 박살 났다.
 그러나 지금 이 자리에서의 가파륵은 단지 기개세의 제물일 뿐이다.
 기개세는 이쯤이면 울전대 울전고수 개인의 능력을 파악했다고 생각했다.

이제는 정향과 그녀 가족의 복수다. 그리고 기개세의 들끓는 분노를 터뜨릴 때가 되었다.

뚝!

그는 뒤로 이 장쯤 훌쩍 물러났다가 가파륵이 휘두르고 있는 나뭇가지와 비슷한 나뭇가지 하나를 가볍게 꺾어 손에 쥐고는 곧장 공격해 갔다.

가파륵의 공격이 위맹한 것과는 달리 기개세가 그의 머리를 노리고 세로로 그어 내리는 나뭇가지는 마치 벌레 한 마리를 죽이려는 것처럼 느리고 약해 보였다.

하지만 빠름의 한계를 넘으면 오히려 느리게 보이고, 강함의 한계가 지나치면 약하게 보인다는 사실을 가파륵은 알고 있는 듯했다.

그는 피하기에는 늦었음을 깨닫고 수중의 나뭇가지를 들어 기개세의 나뭇가지를 막았다.

팍!

"끙……."

아름드리나무와 바위를 지푸라기처럼 부수던 가파륵의 나뭇가지가 맥없이 부러지면서 기개세의 나뭇가지가 그의 오른쪽 어깨를 마치 격려라도 하는 것처럼 가볍게 툭 때리자 그의 입에서 묵직한 신음이 흘러나왔다.

그 일격으로 가파륵은 어깨뼈가 완전히 짓뭉개져서 팔을

축 늘어뜨렸다.

그러자 그의 얼굴에 비로소 어이없다는 듯, 그리고 놀라는 표정이 설핏 떠올랐다.

그러나 그것도 잠깐, 그는 득달같이 덤벼들면서 왼 주먹을 휘둘러 기개세의 얼굴을 공격해 왔다.

휘잉!

기개세는 나뭇가지를 집어던지고 오른 주먹으로 가파륵의 주먹을 마주쳐 나갔다.

뻐걱!

"큭!"

주먹과 주먹이 정면으로 부딪쳤다. 가파륵의 주먹은 기개세보다 절반 이상 더 크고 털이 숭숭 나 있었다.

가파륵의 입에서 흡사 가죽 공에서 바람이 빠지는 듯한 소리가 새어 나왔다.

가파륵은 처음으로 얼굴을 일그러뜨린 채 비틀거리면서 뒤로 주춤주춤 물러섰다.

축 늘어뜨린 그의 왼팔 아래의 주먹에서 피가 줄줄 쏟아져 흘렀다.

그의 주먹은 아예 그것이 손이었는지조차도 알아보지 못할 정도로 처참하게 짓이겨졌다.

그런데도 그는 도망치거나 두려운 표정을 짓지 않았다. 도망이라는 것, 그리고 무엇인가를 두려워하는 것을 배운 적이 없기 때문이다.

기개세는 박 속처럼 하얀 이를 드러내고 포효하듯이 낮게 으르렁거리며 가파륵에게 천천히 걸어갔다.

"사랑이라는 것은 강요가 아니라 서로 좋아하는 것이다. 그러지 않을 경우에는 한쪽이 불행하게 된다."

순간 하늘이 무너져도 변하지 않을 것 같던 가파륵의 얼굴이 미미하게 흔들렸다.

"정향이… 나를 사랑하지 않았다는 것인가?"

만약 보통 사람이었다면 이런 경우에 궁금한 것이 너무도 많을 것이다.

제일 먼저 기개세가 누구냐고 물어야 하고, 정향하고는 어떤 관계냐는 등을 물어야 한다.

그런데 그는 '사랑'을 말하고 있다. 그에게는 그것이 무엇보다도 중요하다는 뜻이다.

가파륵의 말에 기개세의 얼굴이 험악하게 일그러졌다.

"너를 사랑하는 여자가 너에게서 도망치려고 하겠느냐? 정향이 진정으로 너를 사랑한다면 너를 대신해서 죽을 수도 있었을 것이다."

순간 기개세의 오른발이 허공을 가르더니 가파륵의 왼쪽 옆구리에 꽂혔다.

퍽!

그것으로 그는 갈비뼈와 내장이 온통 짓뭉개졌을 것이다. 하지만 여태까지와는 달리 신음조차 내뱉지 않았으며 쓰러지지도 않았다.

양쪽 팔이 짓이겨져서 쓰지 못하고 갈비뼈와 내장이 으깨졌는데도 그는 후들거리는 두 다리로 버티고 서서 기개세를 쳐다보았다.

"나는 정향을 위해서 죽을 수도 있었다. 그리고 그녀에게 모든 것을 다 해주었다."

기개세는 냉랭한 목소리로 말했다.

"사랑하는 사람을 죽이지는 않는다. 죽인다면 그것은 악마일 뿐이다. 너는 자식을 죽이는 부모를 봤느냐?"

"나는……."

"네가 사랑이라고 주장하는 것은 한낱 이기적인 욕심이었을 뿐이다."

"욕심……."

"곧 정향을 만나면 용서를 빌어라."

가파륵은 우두커니 서서 기개세를 쳐다보았다. 그의 눈빛이 가볍게 흔들리고 있었다.

그리고 기개세의 주먹이 그의 얼굴을 강타했다.

뻑!

사랑을 위하여

가파륵의 머리는 산산조각 나서 피와 뇌수와 함께 허공에 뿌려졌다.

그의 머리를 잃은 커다란 몸뚱이는 기우뚱하더니 느릿하게 뒤로 쓰러졌다.

기개세는 나무 사이로 파란 하늘을 보면서 애잔한 얼굴로 조용히 중얼거렸다.

"정향, 부디 극락왕생하시오."

가파륵을 죽인다고 어찌 정향과 가족이 되살아나겠는가. 그러므로 이것은 정향을 위한 복수라는 미명하에 기개세 자신의 쓰라린 마음을 위로하는 것에 다름이 아니었다.

푸스스으으.

그때 가파륵의 시신이 푸르스름한 불길에 휩싸이는 것 같더니 잠시 후에 재조차 남기지 않고 사라져 버렸다. 기개세가 천신기혼을 발출하여 시신을 태워 버린 것이다.

第百四十五章

되찾은 사랑

대사부

기개세는 풍림각으로 향했다. 동풍장에 들렀더니 그때까지도 사록이 오지 않았으며 아무런 연락도 없었다는 보고를 듣고 직접 찾아가 보려는 것이다.
  사록이 동풍장에 오지 않는 데에는 필경 이유가 있을 것이라고 생각했다.
  그렇다고 복잡하게 생각할 필요는 없다. 사록은 움직일 수 없는 상황이기 때문에 오지 못했을 것이다.
  움직이지 못한다는 것. 사록이 죽거나 다쳤다면 다른 천라고수라도 동풍장에 보내거나 연락을 취했을 것이다. 하지만 그러지도 않았다.

그렇다면 사록을 비롯하여 풍림각의 천라고수 모두가 동풍장에 올 수 없는 상황에 처했다는 뜻이다.

그런 일은 한 가지 상황에만 가능하다. 풍림각이 감시를 당하거나 제압당했을 경우다.

거기까지 생각한 기개세는 풍림각이 멀찌감치 보이는 어느 주루의 삼층으로 올라가 창가 자리에 앉았다.

창을 열자 풍림각이 한눈에 보이는데 거리는 삼십여 장 정도였다.

사록은 강평과 함께 자신의 거처에서 한 발자국도 움직이지 않은 채 고민에 빠져 있었다.

머리가 터지도록 아무리 생각해 봐도 지금의 상황을 자력으로 타개할 수는 없다는 결론에 도달했다.

이럴 때에는 외부에서 누군가 도움의 손길을 뻗어줘야 하는데, 상대가 패가수이기 때문에 웬만한 도움으로는 오히려 활활 타오르는 불길에 기름을 끼얹는 역효과를 일으키게 될 것이 분명하다.

그렇기 때문에 풍림각을 위기에서 구해줄 사람은 오직 태문주밖에 없다.

그런데 태문주에게 이 사실을 알리지도 않고 어떻게 도움을 바란다는 말인가.

　그것은 불도 피우지 않고 가마솥의 물을 끓이려고 하는 어리석은 짓이다.

　그런데 사록과 강평이 더욱 염려하고 있는 것이 있다. 이런 상황을 전혀 모르고 있을 태문주가 풍림각으로 불쑥 찾아올 수도 있다는 사실 때문이다. 그리고 그것은 충분히 가능성이 있는 일이다.

　그것은 범의 아가리 속으로 고깃덩어리를 넣어주는 것이나 다름이 없는 일이다.

　사록이나 강평은 자신들의 목숨을 버리는 한이 있더라도, 아니, 더 큰 희생을 치르더라도 이 사실을 태문주에게 알릴 수만 있다면 서슴없이 그렇게 했을 것이다. 하지만 도무지 방법이 없었다.

　바로 그때 놀라운 일이 벌어졌다.

　[거기에 사록 있느냐?]

　갑자기 사록과 강평의 머릿속에 무슨 생각이 떠올랐다. 그것은 누군가의 말소리인데, 마치 두 사람이 머릿속으로 생각하고 있는 것처럼 들렸다.

　그 순간 사록과 강평은 탁자에 마주 보고 앉아 있다가 튕기듯이 벌떡 일어섰다.

　그러나 사록의 얼굴에 더할 수 없는 기쁜 표정이 가득 떠올랐다.
그는 경험을 통해서 방금 들은 것이 태문주의 심어라는 사실을 알고 있기 때문이다.
놀란 강평이 뭐라고 말하려는 것을 사록이 급히 손을 휘저어서 만류했다.
그때 태문주의 심어가 다시 머릿속을 울렸다.
[있으면 전음으로 대답해라.]
사록은 굳게 닫혀 있는 창 쪽을 향해 급히 공손하게 전음을 보냈다.
[속하, 여기에 있습니다.]
[감시당하고 있느냐?]
[그… 렇습니다.]
사록은 그저 놀랍고 태문주가 한없이 존경스러울 뿐이다.
이 엄청난 난관을 어떻게 타개할 것인지 머리털이 다 빠지도록 고민에 고민을 거듭하고 있는 판국인데, 태문주는 단 한 방에 해결해 버리지 않는가.
[어떻게 된 일인지 설명해라.]
사록과 강평의 머릿속에서 울리는 태문주의 심어는 더없이 부드러웠다.
사록이 저간의 설명을 다 하자 간단명료한 태문주의 심어가 들려왔다.

[염려 마라. 내가 처리하마.]

그리고는 더 이상 태문주의 심어는 들려오지 않았다.

사록과 강평은 서로의 얼굴을 쳐다보았다. 그제야 두 사람은 자신들이 울고 있다는 사실을 깨달았다.

그리고는 두 사람은 똑같이 다리에 힘이 풀려 그 자리에 털썩 주저앉고 말았다.

"손님, 누가 찾아왔습니다."

객방 문밖에서 점소이의 공손한 목소리가 들렸다.

막 운공조식을 끝낸 패가수는 담담한 얼굴로 문을 쳐다보았고, 창밖으로 풍림각을 감시하고 있던 수하는 움찔 놀라는 얼굴로 패가수를 쳐다보았다.

이 방에는 찾아올 사람이 없다. 패가수가 이곳에 있는 것을 아는 사람은 풍림각 주변에 잠복해 있는 수하들과 남궁산뿐이다.

하지만 남궁산이 찾아올 리는 없었다. 그는 다른 방법으로 천검신문에 접근하기 위해서 눈코 뜰 새 없이 바쁘다는 것을 패가수는 잘 알고 있었다.

그렇지만 이대로 가만히 있을 수는 없다. 누가 찾아왔는지 확인은 해봐야 한다.

패가수가 고개를 끄덕이자 수하는 창을 떠나 빠르게 문으로 다가가며 오른손으로 어깨의 검을 잡았다. 여차하면 공격하려는 것이다.

끼이…….

문이 열리자 수하는 문밖에 서 있는 사람을 발견하고 눈을 커다랗게 떴다.

하지만 패가수가 있는 곳에서는 문밖에 서 있는 사람이 보이지 않았다.

[대황군 전하.]

수하는 놀라서 패가수를 쳐다보며 전음을 보냈다. 하지만 너무 놀란 나머지 그다음 말을 잇지 못했다.

패가수는 비로소 의아한 표정을 지으며 일어나 문 쪽으로 걸어갔다.

그리고 문밖에 서 있는 사람을 발견하는 순간 그는 방금 수하가 놀랐던 것보다 더 놀라고 말았다.

얼마나 놀랐으면 강심장인 그가 눈을 부릅뜨고 뒤로 한 걸음이나 물러났겠는가.

"다나……."

밖에 서 있는 사람은 한 명의 여자였다.

너무도 아름다운, 그래서 쳐다보기만 해도 눈이 멀어버릴 듯한 절세미인이다.

그러나 패가수에게는 또 다른 의미에서 심장마저 정지시

켜 버릴 만한 충격을 던져 주는 여인이었다.

그녀는 다름 아닌 이반의 다섯째 부인 다나였다.

원래 그녀와 패가수는 서로를 목숨 이상으로 열렬하게 사랑하는 사이였다.

그런데 평소에 다나에게 흑심을 품고 있던 형 이반이 사 년여 전에 그녀를 강제로 강간한 뒤에 자신의 부인으로 삼아버렸다.

다나를 욕보인 자가 다른 사람이었다면 패가수는 죽기를 한하여 싸웠을 것이다.

그리고 무슨 수를 써서라도 그자를 죽이고 다나를 되찾아 왔을 것이다.

하지만 상대는 같은 어머니에게서 태어난 친형이다. 패가수가 아버지보다 더 어려워해서 부딪치기 싫어하는 폭군 형 말이다.

설사 그렇다고 하더라도 만약 다나가 이반을 죽이고 자신을 구해달라고 말했다면 패가수는 두말없이 그렇게 했을 것이다.

이반이 아무리 어려운 존재라 하더라도 패가수가 다나를 사랑하는 마음에는 견주지 못한다. 또한 패가수에게 다나의 말은 '신성' 그 자체이다.

그러나 다나는 그렇게 하지 않았다. 왜 그랬는지 패가수는 잘 알고 있다.

그가 이반을 죽이려 든다는 것은, 섶을 지고 불구덩이 속으로 뛰어드는 것이나 진배없는 일이므로. 만약 그런 부탁을 한다면 패가수만 죽게 될 것이라는 사실을 다나는 잘 알고 있었던 것이다.

다나는 패가수를 위해서 그런 부탁을 하지 않았다. 그렇게 두 사람은 한 지붕 아래에서 눈물을 삼키면서 뼈를 깎아내는 아픔을 견디며 사 년을 보냈다.

하지만 그동안에 두 사람은 단 한 번도 만난 적이 없었다. 다나는 차마 패가수를 대할 면목이 없었으며 또한 용기가 나지 않았고, 패가수는 그런 그녀의 뜻을 존중했기 때문이다.

그렇지만 두 사람은 서로를 사랑했다. 아니, 오히려 예전보다 훨씬 더 서로를 사랑하게 되었다.

그리고 깨달았다. 사랑이란 꼭 두 사람이 함께 있지 않아도, 그리고 어떤 상황에서도 가슴속에 품을 수 있고 또 느낄 수 있다는 사실을.

그들은 서로를 보지 못하는 동안에도 자신들의 사랑이 세월이 흐를수록 더 깊어지는 것을 생생하게 느꼈다. 그리고 죽어서 영혼으로나마 부부가 될 것을 굳게 믿었다. 사랑은 간절할수록 더욱 깊어지는 것이다.

"여긴 어떻게……."

패가수는 멍한 표정으로 중얼거렸다.

꿈속에서조차도 이런 곳에서 다나를 만날 것이라고는 예상하지 않았던 패가수였다.

그랬기에 충격이 너무 컸다. 그래서 자신도 모르게 그렇게 묻고 말았다.

그 순간 그는 부친과 형 이반의 부인들, 그리고 가족들이 천검신문 태문주에게 납치됐으며, 그 속에 다나도 속해 있었다는 사실을 깨달았다.

그렇다면 지금 그녀는 천검신문 태문주의 수중에 있어야 한다. 그런 그녀가 느닷없이 패가수 앞에 나타난 것이다.

그 사실을 뒤늦게 깨달은 패가수는 눈을 크게 뜨고 놀라며 물었다.

"어떻게 된 일이오?"

예전에 그는 자신보다 네 살 어린 다나에게 하대를 했으나 지금은 형수이기 때문에 말을 높였다.

다나는 대답하지 않고 옆에 서 있는 점소이를 바라보며 머뭇거렸다.

그러자 수하가 재빨리 품속에서 각전 몇 닢을 꺼내 점소이에게 내밀었다.

점소이가 입을 헤벌쭉 벌리고 만족한 미소를 지으며 물러가자 이번에는 수하가 패가수에게 공손히 허리를 굽힌 후에 방을 나갔다.
 그는 산추루(散推累)라는 이름을 지닌 패가수의 심복 중에 한 명이다.
 그가 오늘 이곳에서 일어난 일을 목숨을 걸고 침묵을 지킬 것이라는 사실을 패가수는 잘 알고 있었다.
 "들… 어 오시오."
 아직 정신을 제대로 수습하지 못한 패가수는 옆으로 비켜 서며 그제야 다나를 안으로 청했다.
 다나는 문을 닫고 긴 치마를 끌면서 조용히 실내로 걸어 들어왔다.
 패가수가 알고 있는 그녀는 언제나 있어도 없는 듯 조용한 여자였다.
 패가수가 무슨 말을 하면 눈을 빛내면서 경청을 하고, 우스우면 섬섬옥수로 입을 가리고 그 역시 소리 내지 않고 조용히 미소 지었다.
 손을 잡기만 해도 얼굴을 붉혔고, 입을 맞추면 목덜미까지 새빨개졌다.
 그러던 어느 날 패가수와 다나가 처음으로 서로에게 동정과 순결을 바쳤던 날을 두 사람은 지금도 생생하게 기억하고 있다.
 그날 두 사람은 살아도 함께 살고 죽어도 함께 죽자고 굳은 언약을 맺었다.

 이후 두 사람은 사 년 동안이나 살아도 죽은 것처럼 살 수밖에 없었다.

 패가수는 다나에게 의자에 앉으라고도 하지 않았다. 아직 그럴 정신이 없기 때문이다.

 두 사람은 두 걸음 사이를 두고 서로 마주 본 채 어색한 침묵 속에 서 있었다.

 잠시가 지나서야 패가수는 처음으로 다나의 얼굴을 자세히 살피기 시작했다.

 그녀의 얼굴은 초췌하고 많이 수척한 모습이었다. 패가수는 그녀가 천검신문 태문주에게 납치됐기 때문에 그런 모습이 됐다고는 생각하지 않았다.

 아마도 그녀는 이반에게 무참히 겁탈을 당한 이후 지난 사년여 동안 내내 그런 모습이었을 것이다.

 자신을 그리워했기 때문일 것이다. 그것을 패가수는 짐작할 수 있었다.

 그래도 그녀는 사 년 전이나 다름없이 여전히 아름다웠다. 패가수가 한시도 잊지 못했던 바로 그 모습으로 두 걸음 앞에 다소곳이 서 있다.

 패가수가 손만 뻗으면 닿을 수 있는 거리다. 마음만 먹으면 품에 안을 수도 있다.

하지만 패가수는 그렇게 할 수가 없었다. 그녀는 형수이기 때문이다.

아직은 세속의 형식적인 더께가 패가수의 사랑을 능가하지 못하고 있다.

그가 세속과 그리움 사이에서 싸우고 있을 때 갑자기 다나가 한 걸음 앞으로 다가들었다.

"······."

패가수가 놀라는 표정을 지을 때, 그녀는 뼈가 없는 듯 그의 품에 안겼다.

"패가수님."

"······."

그 순간 패가수는 호흡이 멎었고, 심장 박동이 멈췄으며, 사고(思考)마저 정지해 버렸다.

아무것도 할 수가 없었다. 그저 망연히 놀라면서 가슴이 먹먹해졌을 뿐이었다.

그는 두 손을 늘어뜨린 채 장작처럼 서 있었다. 몸이 빠르게 경직되는 것이 느껴졌다.

"소녀는 아직도 패가수님을 사랑하고 있어요."

다나는 패가수의 목덜미에 뜨거운 입김을 토해내면서 고백했다. 사 년 동안 이 말을 할 수 있는 날이 오기를 고대했던 그녀다.

그것으로 패가수는 그녀가 자신을 얼마나 그리워했는지, 그리고 사랑하고 있는지를 깨달았다.

"다나······."

와락!

순간 패가수는 여태껏 자신을 속박하던 모든 것들을 집어던지고 힘차게 다나를 부둥켜안았다.

"패가수님······."

다나는 녹아서 패가수의 몸속으로 스며들 것처럼 맹렬하게 그의 품속으로 안겨들었다.

두 사람은 나란히 침상 가에 걸터앉았다. 패가수는 팔을 뻗어 다나의 어깨를 감쌌고, 그녀는 그의 어깨에 고개를 기대고 안긴 듯한 자세를 취했다.

그 옛날 고향의 야트막한 풀밭 언덕에 앉아서 두 사람은 이런 모습으로 너른 들판을 바라보곤 했다. 그때하고 같은 자세이지만 같은 느낌은 아니다.

"이제 저는 자유의 몸이 됐어요. 이반에게서 완전히 벗어났어요. 그리고 저는 한 번도 그의 아내라고 생각해 본 적이 없어요."

다나는 패가수의 가슴 옷자락을 만지작거리면서 속삭이듯이, 그리고 꿈결처럼 소곤거렸다.

패가수는 모든 것이 궁금했다.
"어떻게 된 일인지 자세히 설명해 보시오."
"천검신문 태문주에게 부탁을 했어요."
"천검신문 태문주에게 부탁을?"
패가수는 움찔 놀라 다나를 품에서 떼어내고 그녀를 똑바로 쳐다보며 정색을 했다.
"무슨 부탁을 했다는 것이오?"
다나는 패가수를 바라보다가 사르르 눈을 내리깔며 얼굴을 붉혔다.
"저희들의 옛날 일과 이반이 저를 겁탈하여 강제로 부인으로 삼은 일, 그리고 제가 유일하게 사랑하는 분이 패가수님이라는 사실을 그에게 말했어요."
패가수는 기개세의 늠연한 모습을 떠올렸다. 그리고 그가 자신과 다나의 관계를 듣고 어떤 표정을 지었을지 궁금한 마음이 들었다.
"그리고 그분에게 패가수님을 만나게 해달라고 부탁했어요. 패가수님과 둘이서 아무도 모르는 곳에 가서 살고 싶다고 말했어요."
패가수의 눈이 커졌다.
"그래서 그가 부탁을 들어주었다는 말이오?"
다나는 가만히 고개를 끄덕였다.

"그분이 저를 이 근처까지 데려다 주셨어요. 그리고 이곳 객잔 삼층에 패가수님이 계시다면서 가서 행복하게 살라고 말씀하셨어요."

"그가……."

패가수는 철퇴로 뒤통수를 호되게 얻어맞는 듯한 충격과 가슴이 콱 막히는 듯한 숨막힘을 동시에 느꼈다.

놀라움과 충격의 연속이다. 기개세가 이곳까지 다나를 데리고 왔다면 그는 패가수가 어디에 있는지조차도 정확하게 알고 있었다는 뜻이다.

또한 그는 패가수가 풍림각을 감시하고 있다는 것과 그 목적이 기개세 자신이 있는 곳을 알아내려는 것이라는 사실까지도 알고 있었다는 얘기다.

그렇다면 그는 급습을 해서 패가수와 그의 수하들을 모조리 일거에 제압할 수도 있었다. 아니, 그렇게 하는 것이 당연한 일이다.

그런데도 그는 그러지 않았다. 오히려 패가수에게 그가 목숨을 걸고 사랑하는 여인을 보내주었다. 대체 그것은 무엇을 뜻하는 것인가.

"그는… 어디에 있소? 그는 갔소?"

패가수는 열뜬 표정으로 창 쪽을 보면서 물었다. 마치 창밖에서 기개세가 보고 있는 듯한 느낌이 들었다.

"네."

"조건이 무엇이오?"

패가수가 급히 묻자 다나는 의아한 표정을 지었다.

"조건이라니 무슨……?"

"그가 그대를 내게 보내준 것에 대한 조건 말이오. 그런 게 있을 것 아니오?"

다나는 무언가를 생각하는 듯 눈을 깜빡거리다가 잠시 후에 입을 열었다.

"이것이 그분이 원하는 조건인지는 모르겠지만 그분이 이렇게 말씀하시더군요."

패가수는 입술이 바짝 마르는 것을 느꼈다.

다나는 얼굴을 붉히며 붉은 입술을 나풀나풀 열었다.

"패가수가 바람을 피우면 언제든지 내게 말하시오. 당장 달려가서 혼내주겠소, 라고 말이에요."

패가수는 어이없다는 표정을 가득 지었다.

"바람? 혼을 내?"

"그리고 제게는 이런 당부를 하셨어요."

다나는 말을 하기도 전에 얼굴부터 붉혔다.

"여자는 모름지기 사랑하는 남자의 자식을 낳아야지만 더욱 사랑을 받는다고요. 그분은 자신의 아들과 딸을 다섯 명이나 낳아준 부인들이 얼마나 사랑스러운지 모르겠다고 말씀하셨어요."

 패가수의 머릿속에서 어둠의 장막이 걷히듯 기개세에 대한 의구심과 적개심이 서서히 사라지고 있었다.

 "그래서 저보고 아들 딸 쑥쑥 많이 낳으랬어요, 패가수님을 닮은."

 다나는 수줍어서 더 말하지 못하고 고개를 폭 숙였다.

 그런데 한참이 지나도록 패가수가 아무런 말이 없자 그녀는 조심스럽게 고개를 들고 그를 바라보았다.

 패가수는 닫혀 있는 창 쪽을 뚫어지게 주시하면서 돌덩이처럼 굳은 표정을 짓고 있었다.

 그의 그런 모습을 보자 다나는 가슴이 철렁 내려앉았다.

 패가수는 그녀가 자신을 바라보고 있다는 것도, 그녀의 얼굴에 서서히 두려움이 번지는 것도 모른 채 창만 쏘아보고 있었다.

 "제가……."

 다나의 기어드는 듯한 목소리에 패가수는 움찔 정신을 차리고 그녀를 보았다.

 그리고 그녀의 얼굴에 두려움이 가득 깔려 있는 것을 발견하고 놀라는 표정을 지었다.

 아마도 그녀는 사 년 전에 이반에게 겁탈을 당할 때 그런 표정을 지었을 것이다.

"패가수님에게 잘못 온 것인가요? 제 생각만 한 것인가요? 아무래도 저는……."

돌이키고 싶지도 않을 정도의 험한 꼴을 당해본 여자는 작은 일에도 지레 겁을 먹게 마련이다.

그녀는 자신이 패가수에게 버림을 받는다는 생각은 해본 적이 없는데 방금 전에 그것을 느꼈다.

자신이 이반에게 겁탈을 당했던 일과 사 년 동안이나 그의 아내로 살았던 일이 패가수에게 과연 어떤 영향을 미쳤을지도 모르며, 또한 심경의 변화를 일으키게 했을 수도 있다는 사실을 말이다.

패가수는 정색을 하고 다나를 똑바로 응시했다.

"무슨 말이냐, 다나. 네가 원하기만 하면 나는 무슨 일이든 한다. 그 사실은 예나 지금이나 변함이 없다."

그는 예전처럼 다시 하대를 했다. 예전하고 다름없이 그녀를 사랑하고 있다는 뜻이다.

"패가수님……."

다나는 놀라듯 눈을 동그랗게 뜨더니 곧 쓰러지듯 그의 품에 안겼다.

패가수는 그녀를 안고 조용히 중얼거렸다.

"내가 생각하고 있는 것은, 천검신문 태문주에게 또 빚을 졌다는 사실 때문이야."

"빚이라고요?"

패가수는 착잡한 표정을 지었다.

"음. 예전에 내가 그의 아들을 납치했었는데 포위된 상황에서 순순히 아들을 돌려주자 나를 죽이지 않고 놔준 적이 있어. 그때 나는 목숨의 빚을 졌지."

다나는 눈을 동그랗게 뜨며 놀랐다.

"아들을 납치했는데도 말인가요?"

패가수는 원래 거짓말을 못하는 성격이지만 다나에게는 더욱 그렇다.

"음. 그런데 이번에도 그는 내가 있는 곳을 알고 있으면서도 공격하거나 하지 않고 도리어 다나를 내게 보내주었어. 도대체 이것을 어떻게 해석해야 할지 모르겠군."

그는 그렇게 말하면서도 기개세가 적이라는 의미가 점점 퇴색하고 있다는 느낌이 들었다.

다나는 크게 놀라는 표정을 지었다가 잠시 후에 매우 고마워하는 표정으로 바뀌었다.

"그분은 사람을 마음으로 대하는 것 같아요."

"마음이라고?"

"네. 제게도 그렇고 패가수님에게도 그런 것 같군요."

천검신문 태문주는 패가수 입장에서는 적장(敵將)이다. 평범한 적장이라면 패가수에게나 다나에게 이런 식의 은혜 같은 것들을 베풀지 않는다.

패가수는 착잡한 표정을 지었다.

"앞으로 내가 그를 어떻게 대해야 할지 고민이로군."

다나는 싱그러운 미소를 지으며 그를 바라보았다.

"패가수님도 마음으로 그를 대하면 돼요."

"마음으로라……."

패가수는 마음의 결정을 내렸다.

결정을 내리는 데에는 그리 오랜 시간도, 그리고 별다른 어려움도 없었다.

그는 오늘 천하를 얻었기 때문이다. 아니, 천하보다 더 소중한 사람 다나를 다시 얻은 것이다.

그의 결정은 다나와 함께 중원을 떠나 서장으로 돌아간 후에 아무도 모르는 깊은 산중으로 들어가서 단둘이 은거를 하는 것이다.

그 장소는 오래전에 다나와 함께 서장 지방을 여행하다가 우연히 발견한 곳이다.

먼 훗날 때가 되면 두 사람이 그곳에서 죽을 때까지 오순도순 살면서 뼈를 묻기로 약속했었는데 이제야 그 약속을 지키게 되었다.

패가수의 결정을 들은 다나는 너무나 기뻐서 오랫동안 눈물을 그치지 못했다.

"아! 패가수님, 이것을……."

그리고 그녀가 품속에서 하나의 물건을 조심스럽게 꺼낸 것은 울음이 웬만큼 잦아질 때였다.

"이게 무엇이오?"

그녀의 두 손 위에 놓여 있는 것은 붉은 이무기의 껍질로 검실을 만든 한 자루 소검(小劍)이었다.

길이는 한 자가 채 못 됐고 검파에는 다섯 개의 형형색색 보석들이 빙 둘러서 박혀 있었다.

"황후께서 패가수님께 드리라고 하셨어요."

황후라면 부친 율가륵의 제일부인이다. 원래는 패가수와 이반을 낳은 부인이 제일부인이었으나 그녀가 죽자 두 번째 부인이 제일부인, 즉 황후가 된 것이다.

그리고 그녀는 패가수와 이반을 자신의 친아들 이상으로 정성껏 키웠다. 그러므로 두 사람에겐 친어머니 같은 존재이기도 하다.

"어머니께서?"

패가수는 조심스럽게 검을 받았다. 그로서는 생전 처음 보는 소검이다.

그는 자신을 길러준 황후를 어머니라고 부르지만 이반은 항상 '그 여자'라고 했다.

패가수는 그녀의 길러준 고마움을 잊지 못하고 줄곧 어머니로 대했다.
 스웅…….
 살짝 힘을 주었을 뿐인데 소검은 쉽게 뽑혔다.
 "아……."
 검이 뽑히자 찬란한 검광이 뿜어져서 다나는 자신도 모르게 눈을 가리며 탄성을 토해냈다.
 "맙소사……!"
 그때 갑자기 패가수의 입에서 몹시 놀란 듯한 신음이 새어나왔다.
 다나가 바라보자 그는 소검의 검신에서 눈을 떼지 못한 채 얼굴 가득 경악지색을 떠올리고 있었다.
 그래서 다나는 조심스럽게 검신을 바라보았으나 여전히 찬란한 광채가 뿜어지고 있어서 또다시 급히 외면할 수밖에 없었다.
 그녀는 보지 못하지만 패가수의 눈에는 검신에 새겨진 어떤 문양이 분명하게 보였다.
 그것은 검신을 옆으로 눕혔을 때 위쪽에 한 마리 창룡(蒼龍)이 비상하고 있고, 그 아래 수많은 짐승들이 두려움에 떨면서 엎드려 복속하고 있는 광경이다. 그리고 짐승들 틈에는 사람의 모습도 있었다.

말하자면 창룡 아래에서는 살아 있는 모든 것들이 복종한다는 것을 상징적으로 나타낸 문양이다.

패가수는 자신의 손에 쥐어져 있는 이 소검을 한 번도 본 적이 없으나 소검의 내력에 대해서는 어릴 때부터 귀가 따갑도록 들으면서 자랐다.

철컥!

다나가 눈을 뜨지 못하는 것을 보고 패가수는 소검을 다시 검실에 꽂았다.

그의 얼굴에는 여전히 극도의 경악이 떠오른 채 사라지지 않고 있었다.

"어머니께서 이것을 내게 주라고 말씀하셨나?"

그의 목소리가 가늘게 떨리는 것으로 미루어 얼마나 놀라고 있는지 잘 알 수가 있다.

"네. 오래전에 선대 황제께서 이것을 황후께 맡기시면서 혹시 자신의 신변에 무슨 일이 생기면 패가수님께 드리라고 말씀하셨다는군요."

"아……!"

패가수는 여러 차례 표정이 복잡하게 변하면서 나직한 탄성을 흘렸다.

다나는 소검이 무엇인지 궁금할 법도 한데 묻지 않고 가만히 있었다.

그녀는 원래 복종적인 성품이라서 그런 것을 먼저 묻는 적이 없었다.

"다나, 이것은 항세검이야."

그것을 잘 알고 있는 패가수는 놀라움이 어느 정도 가라앉자 설명을 해주었다.

"항세검……. 아!"

입속으로 중얼거리던 다나는 뒤늦게 항세검이 무엇을 뜻하는지 깨닫고 탄성을 토해냈다.

그녀는 놀라움을 금치 못하면서 소검과 패가수를 번갈아 쳐다보았다.

"황후께서 무슨 이유로 이것을 패가수님께 드리라고 하셨을까요?"

입으로는 그렇게 물었으나, 묻고 있는 동안에 그녀는 그 대답을 스스로 찾아냈다.

전대 황제 율가륵은 살아생전에 공공연히 말했었다.

"항세검을 지닌 자가 나의 정식 후계자다."

거기까지 생각한 다나는 갑자기 표정이 어두워졌다. 황후가 항세검을 패가수에게 주라고 한 속마음을 이제야 깨달았기 때문이다.

다나는 기개세에게 패가수와 자신에 대해서 고백을 하고 또 그를 만나게 해달라고 부탁을 하고 나서 그 사실을 황후에게만 말을 했었다.

그러자 황후는 말없이 고개를 끄덕이면서 다나의 어깨를 토닥여 줬었다.

그것은 그녀가 패가수를 만나고 또 그와 사랑의 도피를 하겠다는 뜻을 인정한다는 뜻이다.

그 이후에 다나는 아까 기개세의 부름을 받고 황후에게 작별 인사를 하러 갔었다.

그때 황후는 이 소검을 건네주면서 패가수를 만나면 그에게 주라고 했던 것이다.

항세검을 지닌 사람이 율가륵의 후계자, 즉 울제국의 진정한 황제라는 사실을 다나도 잘 알고 있었다.

그런데 설마 황후가 준 검이 항세검일 줄은 그녀는 상상조차 못했다.

그러나 그것이 항세검인 줄 미리 알고 있었다고 해도 그녀는 그것을 망설이지 않고 패가수에게 주었을 것이다. 그녀는 그런 여자다.

그런데 다나는 황후의 진심이 무엇인지 아무리 생각해 봐도 알 수 없었다.

다나가 패가수와 만나는 것을 응원해 주는 듯했으면서 항세검을 그에게 전해주라고 하다니, 그것은 패가수에게 황위를 이으라는 뜻이 아닌가.

아니면 이미 황제에 즉위한 이반과 형제간의 싸움을 붙이겠다는 얘긴가.

어쩌면 황후로서도 어쩔 수 없었을지 모른다. 남편인 율가륵의 말을 따라야만 하니까 말이다.

율가륵은 자신에게 무슨 일이 생길 경우에 항세검을 패가수에게 전해주라고 하지 않았는가.

그것은 자신의 후계자로 패가수를 지목했다는 뜻이다.

第百四十六章

은거(隱居)

대사부

동풍장의 어느 전각 안 실내의 둥글고 커다란 탁자에는 기개세와 아미, 독고비, 그리고 육대명왕과 통박오성이 둘러앉아 있다.
 "현재 상황을 정리해 보자."
 맨 먼저 기개세가 조용히 입을 열었다.
 그러자 춘몽이 상체를 꼿꼿하게 세운 자세로 공손하게 말문을 열었다.
 "현 칠군대도독은 완벽하게 포섭했어요. 그는 반역을 계획하고 있으며, 현 고관대작들이 거의 대부분 가담한 상태예요.

이것이 그들의 명단이에요."

 춘몽은 얇은 책자 한 권을 꺼내서 공손히 기개세 앞에 내려놓았다.

 기개세가 책자를 펼치자 제일 먼저 칠군대도독의 이름이 적혀 있고, 그다음부터는 날고 기는 고관대작들로부터 중간급 관리들, 그리고 지방의 관리들까지 수백 명의 이름과 신상이 빼곡하게 기록되어 있었다.

 "반역을 꾀하자면 막대한 군자금이 필요한데 우리가 그것을 전액 대주고 있어요. 군자금이 끊어지면 그들은 끈 떨어진 연 신세가 돼버리기 때문에 우리의 말에는 절대로 복종하고 있는 상황이에요."

 춘몽에 이어서 육대명왕을 대표하여 진운상이 자세를 바로 하고 보고를 했다.

 "새로 중책을 맡게 될 이십삼 명 중에서 다섯 명을 완벽하게 포섭했습니다. 승상을 비롯하여 형부(刑部)와 이부(吏部), 호부(戶部)의 우두머리인 상서(尙書) 세 명, 그리고 칠군대도독입니다."

 기개세가 가볍게 고개를 끄덕이는 것을 보고 나서 진운상은 다시 말을 이었다.

 "그들을 포섭한 방법 역시 돈입니다. 그들은 이제 우리가 정기적으로 대주는 돈 없이는 살아갈 수 없는 지경에 이르렀습니다."

 시대가 변해도 변하지 않는 것이 있다. 조정의 녹을 받는 관리들의 녹봉이 예나 지금이나, 그리고 어느 나라든 박봉이라는 사실이다.

 한 나라의 관리면서도 부자인 사람은 세 가지 경우를 들 수 있다.

 원래 부자였거나 아니면 백성들의 고혈을 빨아먹는 탐관오리이거나, 자신의 지위를 이용하여 뇌물을 받아 챙기는 부패한 관리가 그것들이다.

 그런데 울제국의 관리들은 이 세 가지에 하나도 부합되지 않는다.

 서장에서는 부자였을지 몰라도 중원을 침공하면서 재산을 가져오지 않았기 때문이고, 울제국이 민심이반(民心離叛)을 염려하여 탐관오리들을 발견하는 대로 엄벌에 처하고 있어서 아예 백성들을 괴롭힐 꿈도 꾸지 못하기 때문이며, 한인들이 서장인 관리들에게는 청탁 같은 것을 하지 않는 터라 뇌물 따윈 구경조차 못하기 때문이다.

 울제국은 제 딴에는 대명제국 때보다 중원을 더 잘 통치하여 백성들이 불만을 품지 않기를 바랐다.

 그래서 죽어나는 것은 박봉으로 가난하게 살아야 하는 서장인 관리들뿐이다.

하지만 관리들도 사람인 이상 중원의 풍요하고 고급스러운 다양한 문물을 접하고는 자신들도 그것들을 마음껏 누려보고 싶은 마음이 어째서 들지 않겠는가.

더구나 정복자의 입장인 그들이 한인들보다 더 궁핍하게 살아야 하는 것은 견디기 어려운 일이다. 그렇기 때문에 서장인 관리들은 늘 돈에 메말라 있었다.

그런 상황에서 육대명왕은 그 틈을 비집고 들어가서 '청탁'이라는 미명하에 서장인 관리들을 마음껏 돈으로 유린하고 있는 것이다.

진운상은 결론을 내렸다.

"그러므로 그들 다섯 명은 우리가 무슨 일을 시켜도 따를 수밖에 없습니다."

기개세는 고개를 끄덕이고 나서 청향을 쳐다보았다.

"청향, 북경성 인근에 배치되어 있는 울제국의 세력은 별다른 움직임이 없나?"

독고비의 호위였다가 통박오성에 발탁된 청향은 천라대와 연계하여 북경성을 중심으로 삼백여 리 일대의 울제국 세력들의 배치 상황과 움직임을 담당하고 있다.

청향은 꼿꼿한 자세로 공손히 고개를 숙였다.

"없습니다. 그대로입니다."

기개세가 이번에는 고태에게 물었다.

"대명국은 어떤가?"

기개세가 무창성 시절에 수하로 데리고 있던 삼야차의 막내 고태는 대명국의 정세를 관리하고 또 보고하는 일을 담당하고 있다.

"천검총군주께서 천검사도군을 천검군에 편입시켜 현재 천검칠군이 되었다는 연락이 왔습니다."

고태는 통박오성에 발탁된 지도 꽤 지났지만 아직까지 긴장이 풀리지 않은 상태다.

그는 예전에도 기개세라면 가장 존경하면서도 껌뻑 죽었는데 하물며 지금에야 두말하면 잔소리다.

"호오, 그래?"

기개세는 뜻밖이라는 듯 흥미있는 표정을 지으며 고개를 끄덕였다.

그가 관심을 보이자 고태는 자신도 모르게 벌떡 일어나 두 팔을 옆구리에 붙이고 열뜬 어조로 말을 이었다.

"그, 그렇습니다! 천검사도군의 군주로는 요미선 암향을 임명했다고 합니다!"

비쩍 마르고 곱상하게 생긴 고태는 목에 핏대를 세우면서 큰 소리로 외쳤다.

기개세는 빙그레 미소 지으며 고개를 끄덕였다.

"고태, 조그맣게 얘기해도 잘 들린다."

"넷? 아… 네. 시정하겠습니다!"

그런데 그것마저도 목청껏 외치는 고태다.

기개세의 조부인 천사존 기화종은 사도에 대한 자부심이 남다른 인물이다.

그런 그가 봤을 때 무려 삼십만 명의 사도고수가 천검사도군이라는 이름으로 묶인 채 하릴없이 밥이나 축내고 있다는 사실은 정말 못마땅했다.

그래서 그는 사도구련의 우두머리인 사도구로와 사도 최고수인 흑살대 백 명을 투입하여 천검사도군을 맹훈련시키기에 이르렀다.

기화종은 천검사도군 삼십만 명에게 일갈했다.

"지금보다 훨씬 고강한 고수로 거듭나라! 따라오지 못하는 놈은 내치겠다!"

그의 말은 훌륭한 자극제가 되었다. 사도무림의 쭉정이라서 어디에도 쓸데없다고 방치했던 그들이 무서운 투지와 집념을 발휘하여 무공 연마에 매진하기 시작했다.

사도구로와 흑살대는 가혹할 정도로 천검사도군을 극한으로 내몰았다.

무공 연마가 얼마나 지독했으면 하루에도 몇 명씩이나 죽는 사람들이 속출했다.

 그렇지만 희한하게도 죽을지언정 중도에서 포기하는 사람은 단 한 명도 없었다.

 그들도 자신들이 쭉정이라서 쓸모없는 존재라는 사실은 죽기보다 견디기 어려웠던 것이다.

 그렇게 천검사도군은 하루가 다르게 강해졌다. 그리고 마침내 피와 땀을 흘린 노력의 대가를 얻어냈다.

 천검총군주 도기운이 천검사도군 중에서 무작위로 백여 명을 골라내서 무공을 시험해 보고는 하나의 조건을 전제로 그들을 천검군으로 받아들였다.

 하나의 조건은 '여태까지처럼 계속 뼈를 깎는 무공 연마를 계속해야 한다' 는 것이다.

 그렇게 해서 천검사도군은 마도의 마정협군의 뒤를 이어 일곱 번째로 천검군에 배속되었다.

 기개세의 입가에 흐뭇한 미소가 떠올랐다.

 "하하! 사실 말이 나왔으니 말이지만 알고 보면 사도인들이 썩 괜찮은 사람들이거든?"

 그는 소랑의 사부인 요미선 암향이 천검사도군의 군주가 됐다는 사실 때문에 기분이 더 좋아졌다.

 그렇게 말하고 나니까 그는 문득 대정숙에 입교하기 전에 무창성에서 하늘 높은 줄 모르고 천방지축 날뛰던 금비라 시

은거(隱居) 255

절이 불현듯 생각났다.

중인은 빙그레 미소를 지을 뿐 아무 말도 하지 않았다. 기개세가 사도 출신이라는 사실은 이제 비밀스러운 일도 아니기 때문이다.

기개세는 고태를 보며 친근한 미소를 지었다.

"태야, 그 시절이 그립지 않느냐? 그때는 지금처럼 골치 아픈 일들이 없었잖느냐. 그저 신나게 놀기만 하면 되는 시절이었지."

바짝 긴장해 있던 고태는 기개세의 말에 옛날 일이 떠올라 빙그레 웃었다.

"금비라 대형을 모셨던 그때가 소제들에게도 최고로 좋은 시절이었습니다."

무슨 추억이 떠올랐는지 기개세는 껄껄 웃었다.

"하하하! 맞다! 그 당시에 어떤 명문가의 버릇없는 망아지 같은 계집을 발가벗겨서 구화산 깊은 산중 나무에 매달아놓고 회초리질을 했던 생각이 나는구나! 지금 생각해도 정말 통쾌했어!"

중인이 왁자하게 웃는 가운데 웃지 않는 세 사람이 있었다. 바로 유석과 손진이다.

손진이 눈을 세모꼴로 만들고 기개세를 흘기면서 물었다.

"그게 그렇게나 통쾌했어요?"

그런데도 기개세는 아직 사태 파악을 하지 못하고 고개를 크게 끄덕였다.

"그렇고말고! 회초리를 치니까 그 계집애 새하얀 몸뚱이에 빨간 줄이 착착 감기면서 암고양이 같은 소리로 빽빽 비명을 지르더라구!"

손진은 만류하는 유석의 손을 뿌리치며 더욱 눈을 흘기면서 새된 목소리를 냈다.

"그 암고양이가 누군지 기억하시나요?"

기개세는 고개를 모로 꼬았다.

"글쎄… 누구였더라?"

"그렇다면 그때처럼 다시 한 번 회초리를 치면 생각나시겠어요?"

"음?"

"제 손으로 직접 옷을 벗을 테니까 그때처럼 한번 회초리질을 해보시겠어요?"

손진이 발딱 일어나서 옷을 벗어던질 듯한 몸짓을 하자 기개세는 그제야 그 암고양이가 손진이라는 사실을 기억해 내고 뜨악한 얼굴이 됐다.

그러나 쉽게 당할 그가 아니다. 영리한 그는 이런 상황에서 벗어나는 방법을 잘 알고 있다. 그는 유석을 보며 의미있는 미소를 지었다.

"진아가 알몸으로 매달려서 회초리에 맞고 싶은 모양인데, 유석 형이 오늘 밤에 좀 해줘봐."

"꺄악! 대가, 정말!"

손진은 정말로 암고양이 같은 표정을 지으며 당장에라도 기개세를 할퀼 듯한 자세를 해 보였다.

유석과 손진은 부부나 다름이 없는 사이기 때문에 사람들은 묘한 시선으로 유석과 손진을 번갈아 쳐다보며 빙그레 미소를 지었다.

손진은 당장 돌아버릴 것 같은 표정으로 얼굴이 빨개져서 소리쳤다.

"지금 다들 무슨 망측한 상상을 하고 있는 거예요? 그만두지 못해요?"

기개세는 모른 체 짐짓 딴청을 부리면서 춘몽에게 정색을 하고 물었다.

"몽아, 지금 망측한 생각 하고 있나?"

춘몽은 엄숙한 표정을 지으며 공손히 대답했다.

"칠군대도독의 반역 계획에 우리가 어떤 식으로 개입을 하면 좋을 것인가를 생각하고 있었어요. 망측한 생각이라니, 지금 그럴 때인가요?"

기개세가 이번에는 진운상에게 물었다.

"운상은 무슨 생각을 했지?"

"저는 오늘 밤에 만나기로 한 울제국의 승상에 대해서 생각하고 있었습니다."

기개세는 고개를 끄덕였다.

"그렇겠지."

그는 어수선한 분위기를 가라앉히려는 듯 좌중을 둘러보며 진지한 표정을 지었다.

"나는 지금이 자금성을 급습할 적기가 아닐까 생각하는데 다들 어떻게 생각하지?"

발끈해서 혼자 일어서 있던 손진은 갑자기 분위기가 진중하게 변하는 것 같자 머쓱한 표정을 지으며 슬그머니 자리에 앉았다.

그녀가 조심스럽게 기개세를 바라보자 그는 그녀를 마주쳐다보면서 한쪽 눈을 찡긋 해 보였다.

'아유, 내가 못살아!'

손진은 기개세를 하얗게 흘겨주었다. 그것이 그녀가 할 수 있는 전부다.

그러나 다시 돌이켜 생각을 해보면 그 옛날 그녀가 기개세에게 제압되어 발가벗겨져서 나무에 매달려 회초리를 맞은 것이 인연이 되어 오늘날의 그녀가 있게 된 것이다. 그러니 그 일이 그렇게 나쁜 것만은 아니다.

"아무리 생각해도 울전대가 문제예요."

춘몽이 심각한 얼굴로 입을 열었다. 아미와 독고비, 통박오성과 육대명왕은 이반이 항세검이 없어서 울전대를 장악하지 못했다는 사실을 이미 알고 있다.

말하자면 울전대는 현재 누구의 명령도 받지 않는 있으나마나 한 존재라는 것이다.

기개세는 가파륵이 정향에게 거짓말을 하지는 않았을 것이라고 생각한다.

기개세가 만나서 싸우고 또 죽인 가파륵은 정향을 진심으로 사랑했다. 그는 죽어가면서 자신의 진심을 기개세에게 말해주었다.

그러나 세상일이란 의외의 변수라는 것이 있게 마련이다. 가파륵이 죽은 이후 이반이 어디선가 항세검을 찾아냈을 수도 있고, 지금으로선 예측하기 어려운 또 다른 변수가 발생했을지도 모른다.

어쨌든 자금성을 급습하는 시기는 지금이 적기다. 황위에 오른 지 얼마 되지 않은 이반은 아직 황제로서의 지위를 공고하게 만들지 못한 상황이다. 즉, 모든 게 어수선한 상황이라는 것이다.

더구나 현 칠군대도독이 반역을 꾀하고 있으며, 새로 입각(入閣)할 고관 중에 핵심 중에서도 핵심 다섯 명을 천검신문이 완벽하게 포섭했으니 그들을 최대한 이용하면 급습은 충분히 가능성이 있었다.

문득 기개세는 고태가 무슨 할 말이 있는 듯 쭈뼛거리고 있는 것을 발견했다.

"태야, 할 말이 있느냐?"

"아! 네… 넵!"

고태는 화들짝 놀라서 벌떡 일어섰다.

기개세는 빙그레 미소 지었다.

"어디 한번 들어보자."

"대형께선 지금 울전대의 변수를 염려하고 계십니까?"

기개세는 고개를 끄덕였다.

"음, 그렇다."

고태는 조심스러우면서도 진지한 표정을 지었다.

"그러시다면 천검오십전단으로 울전대를 견제하는 것은 어떨는지요?"

기개세를 비롯한 모두들 뜻밖이라는 표정을 지었다.

"천검오십전단을?"

천검오십전단은 기개세가 천문에서 데리고 온 천족 천인사 오십 명이 사무영대와 불도고수 도합 오백 명에게 천검신문의 절학을 직접 가르쳐서 탄생했다.

천인사 오십 명이 이끌고 있는 천검오십전단은 사실상 천검신문 내에서 최강 조직이라고 할 수 있었다.

하지만 그들이 울전대를 상대할 정도는 아니라고 기개세는 생각하고 있다.

고태는 자신있는 표정을 지었다.

"얼마 전에는 천검오십전단의 한 명이 울제국 신삼별조의 무한겹별 두 명 내지 세 명을 상대할 수 있을 정도의 실력이었지만, 지금은 다섯 명 이상을 충분히 상대하고도 남을 정도로 일취월장했습니다. 그러므로 울전대가 변수로 작용하더라도 천검오십전단이라면 능히 감당할 수 있을 것으로 사료됩니다."

그는 쭈뼛거림도 없이 자신의 주장을 거침없이 피력했다.

"천검오십전단이 그 정도로 발전했다는 것인가?"

"그렇습니다."

천검오십전단은 현재 대명국에 있으며, 천인사 오십 명이 꾸준히 그들을 지도하고 있는 줄 알고 있었다.

그러나 이토록 단시일 동안에 장족의 발전을 할 것이라고는 기대하지 않았다.

기개세는 흡족한 미소를 지으며 고개를 끄덕였다.

"좋아, 천검오십전단을 북경성으로 불러들여라."

이어서 춘몽에게 명령했다.

"몽이 너는 그들이 머물 장소를 물색해 둬라."

"알겠어요."

사록이 동풍장에 왔다.

그는 막 회의를 마치고 나온 기개세를 찾아와서 보고를 올렸다.

"패가수가 물러갔습니다."

"그래?"

기개세는 사록에게 탁자 맞은편에 앉으라고 턱짓을 하고 그의 찻잔에 손수 차를 따라주었다. 향긋한 다향이 실내에 은은하게 퍼졌다.

사록은 화들짝 놀랐으나 감히 주군의 명령을 거스르지 못하고 조심스럽게 의자에 궁둥이를 붙였다.

그러나 주군이 따라준 찻잔에는 감히 손을 내밀지 못했다. 그렇지만 주군의 격의없는 행동에 가슴이 뭉클해지면서 감동했다.

"날씨가 쌀쌀할 때에는 따뜻한 차 한 잔이 몸에 좋다고 한다. 마셔라."

기개세가 찻잔을 들어 입으로 가져가면서 온화한 얼굴로 권하자 사록은 그마저도 거스르지 못하고 떨리는 두 손으로 찻잔을 들어 겨우 한 모금을 마시는 시늉만 하고는 손에 들고 있었다.

"확인을 해보니 풍림각을 감시하던 울고수들이 완전히 물러났습니다."

사록은 기개세가 차를 마시면서 창밖을 응시하는 것을 조심스럽게 보면서 보고를 이었다.

"풍림각은 이미 적에게 노출됐기 때문에 속하들은 그곳을 나와 제삼의 은신처인 화평루(和平樓)로 옮겼습니다. 풍산루도 비우고 진산각(鎭山閣)으로 이동했습니다."

패가수가 물러가고 수하들을 철수시켰다고는 해도 한번 노출된 은신처에 계속 머무는 것은 위험천만한 일이다. 또한 제이의 은신처인 풍산루도 노출됐을 가능성이 있기 때문에 과감하게 버린 것이다.

풍림각이 옮겨간 화평루나 풍산루가 옮긴 진산각은 기개세도 처음 듣는 장소다.

그것만 봐도 천라대 북경 지부가 북경성 내에 얼마나 폭넓은 입지를 구축하고 있는지 잘 알 수 있다.

"패가수는 같이 있던 여자를 성 내의 어느 객잔에 머물게 하고 수하들로 하여금 객잔을 호위하게 하고는 자신은 성내의 어딘가로 갔습니다."

기개세는 다나의 말대로 패가수가 그녀와 함께 떠날 것인지가 궁금해졌다.

"패가수가 간 곳이 어디냐?"

"소요장(逍遙莊)이라는 곳인데, 알아보니까 울제국 감찰어사의 장원이었습니다."

"감찰어사?"

기개세는 뜻밖이라는 표정을 떠올렸다. 패가수가 사랑하는 여자를 객잔에서 기다리게까지 하면서 만나러 간 인물이 감찰어사라는 것은 왠지 설득력이 없다. 그래서 뭔가 있을 것 같다는 생각이 들었다.

*   *   *

남궁산은 너무도 놀란 나머지 한참 동안이나 아무 말도 하지 못한 채 탁자 맞은편에 편안하게 앉아 있는 패가수를 쳐다보기만 했다.

"놀랐느냐?"

느긋하게 차를 마시던 패가수는 빙그레 미소를 지으며 입을 열었다.

그제야 남궁산은 신음을 하듯이 대답했다.

"네. 사실 너무 놀랐습니다."

패가수는 찻잔을 내려놓았다.

"너는 나를 이해해 줄 것이라고 믿는다."

"물론입니다, 형님."

남궁산은 자리에서 벌떡 일어나 포권을 하며 깊숙이 허리를 굽혔다.

"소제, 진심으로 경하드립니다, 형님."

고개를 든 그의 얼굴에는 진심 어린 표정이 가득했다.

"고맙다."

"형수님은 어디에 계십니까? 소제가 형수님을 직접 뵙고 인사를 드리고 싶습니다."

남궁산이 스스럼없이 '형수'라고 하자 패가수는 흡족한 미소를 지었다.

"그녀는 성내 객잔에서 기다리도록 했다. 너와 형님을 만난 후에 떠날 생각이었지."

떠난다는 말에 남궁산의 얼굴에 서운한 기색이 역력하게 떠올랐다.

남궁산은 다시 자리에 앉아서 두 손으로 탁자를 짚고 상체를 앞으로 숙이면서 간곡한 표정을 지었다.

"형님, 떠나시지 않고 그냥 여기에서 사는 방법은 없습니까? 소제는 형님 없이는 살 수 없습니다. 찾아보면 뭔가 방법이 있을 것입니다."

패가수의 눈가에 애잔한 빛이 스쳤다.

"네 마음은 안다. 그러나 이곳에서 나와 그녀가 행복할 수 있는 방법이란 전무하다. 알다시피 그녀는 형님의 눈에 띄어서는 안 되는 사람이다."

남궁산은 착잡한 표정을 지었다.

"그렇군요."

조금 전에 패가수는 남궁산에게 자신과 다나의 관계에 대해서, 그리고 천검신문 태문주가 다나를 보내주었다는 것에 대해서 자세히 설명해 주었다.

또한 자신과 그녀 두 사람이 속세를 떠나 아무도 모르는 곳에 은거를 하여 오순도순 단란하게 살고 싶다는 결심도 밝혔다.

"산아, 너와 상의하고 싶은 것이 있다."

패가수의 목소리가 조금 진중해졌다.

"무엇입니까? 소제의 도움이 필요하시다면 목숨이라도 내놓겠습니다."

남궁산의 말에 패가수는 잔잔한 미소를 지었다.

"네가 그럴 것이라는 것을 알고 있지만 목숨까지 필요한 일은 아니다. 말 그대로 상의할 일이 있다."

이어서 그는 항세검에 대해서 설명을 하고 자신이 항세검을 얻었다는 말을 해줬다. 그리고 항세검을 어떻게 해야 할지에 대해서 물었다.

"형님!"

설명이 끝나기도 전에 극도로 흥분한 남궁산은 손으로 탁자를 치며 또다시 벌떡 일어섰다.

"전대 황제께서 항세검을 형님께 남기셨다면 형님이야말로 울제국의 진정한 황제가 아닙니까? 전대 황제께선 형님을 후계자로 생각하셨던 것입니다."

"그런 셈이지."

남궁산은 너무 흥분해서 얼굴까지 붉게 달아올랐다.

"그렇다면 지금 황제이신 천상황께선 진정한 황제가 아닙니다! 그러므로 반드시 형님께서 황위를 찾으셔야만 합니다! 형님께서 황제가 되신다면 구태여 피해 다니지 않으셔도 되지 않겠습니까? 황제는 하늘 아닙니까? 무엇이든 형님 마음대로 할 수 있습니다!"

남궁산의 말은 옳다. 패가수가 황제가 되면 다나를 형 이반에게 뺏기지 않아도 된다.

아니, 오히려 사 년 전에 다나를 강제로 겁탈해서 부인으로 삼은 죄를 물어 중벌을 내릴 수도 있다.

하지만 그것은 단지 바람일 뿐이다. 패가수가 황제의 신물인 항세검을 들이민다고 해도 오냐 알았다 하고 순순히 물러날 이반이 아니었다.

외려 이반은 그에게서 항세검을 뺏으려고 갖은 억압을 할 것이 뻔하다.

그렇게 되면 형제간의 상잔(相殘)이 돼버린다. 무슨 일이 있어도 그런 일을 피해야만 한다.

또한 그러는 것은 다나가 절대로 원하지 않을 것이다. 그녀는 두 번 다시 이반을 보지 않아도 되는 곳에서 살기를 원하고 있다.

 그와의 추악했던 기억과 그에 대한 것들은 깡그리 지워 버리고 싶기 때문이다.

 패가수는 고개를 가로저었다.

 "아니다. 내 결심은 이미 굳어졌다."

 그러나 남궁산은 쉽게 포기하지 않았다. 포기할 수가 없기 때문이다.

 패가수가 황제가 되면 남궁산은 일인지하 만인지상의 무소불위 권력을 쥐게 된다. 그러면 복수도, 남궁세가의 부활도 훨씬 쉬워진다.

 "형님, 항세검은 어디에 있습니까? 소제에게 한번 보여주시지 않겠습니까?"

 "다나가 갖고 있다."

 남궁산의 얼굴에 아쉬운 기색이 스쳤다. 그는 무슨 방법으로도 패가수의 결심을 꺾을 수 없다는 것을 깨달았다. 그리고 자신의 꿈도 멀어지고 있었다.

 그렇지만 그의 마음속에서는 또 다른 불씨 하나가 타오르기 시작했다.

第百四十七章

배신(背信)

대사부

북경성 내 칠군도독부.

내실 깊은 곳에 두 사람이 탁자를 사이에 두고 마주 앉아 있고, 그들 뒤에 각기 두 사람씩 서 있는 모습이다.

탁자에 마주 앉아 있는 사람은 기개세와 현 칠군대도독인 상가루다.

기개세 뒤에 서 있는 두 사람은 진운상과 유정이다. 그들은 그동안 상가루에게 공을 들였고, 조금 전에 그에게 기개세를 자신들의 상전이라고 소개를 했다.

상가루 뒤에 서 있는 두 명은 울제국의 고관대작으로 승상과 한 명의 상서다.
 원래 승상이 지위가 더 높은데 상가루는 승상마저 자신의 손아래에 두고 있었다.
 상가루가 그 정도로 막강한 권력을 지니고 있다는 것이다. 하지만 이틀밖에 남지 않은 권력이다. 이틀이 지나면 그는 칠군대도독에서 물러나야만 한다. 그래서 반역을 꾀하고 있는 것이다.
 "당신들의 반역 음모를 이반이 모를 것 같소?"
 기개세가 처음으로 입을 열었다. 그는 말을 빙빙 돌리지 않고 직설적으로 나갔다.
 그러나 상가루는 불쾌한 표정을 짓지 않았다. 아니, 지을 처지가 아니다. 그만큼 자신들의 입장이 절박하다는 것을 실감하고 있기 때문이다.
 "알고 있을 것이오."
 그는 말을 많이 하지 않으려고 애쓰는 듯했다. 자신의 심중을 쉽사리 드러내지 않으려는 의도다.
 "알고 있다면 이반이 어떤 대책을 세웠을 것 같소?"
 기개세는 계속해서 단도직입적으로 물었다.
 "칠군도독들을 자신의 편으로 회유하려고 수작을 부리고 있는 것 같소."
 칠군도독은 상가루 직속 심복들로서 울제국의 백삼십만에

달하는 군사를 장악하고 있었다.

상가루의 입가에 고졸한 미소가 얼핏 떠올랐다.

"그렇지만 칠군도독은 나를 위해서는 목숨조차 아끼지 않을 정도로 충성스러운 심복들이오. 이반은 헛된 노력을 하고 있는 것이오."

그는 말이 조금씩 많아지기 시작했다. 원래 마음이 불안하거나 주장이 강한 자들은 말을 많이 하는 편이다. 상가루는 전자와 후자 다 속한다.

기개세는 상가루의 얼굴에서 시선을 떼지 않고 줄곧 여유있게 말했다.

"아니오. 이반은 헛된 노력을 할 자가 아니오."

"무슨 뜻이오?"

"그의 노력이 결실을 맺고 있다는 얘기요."

순간 상가루의 뺨이 씰룩였다. 그는 서장인 중에서도 꽤 준수한 용모를 지녔으며, 오십대 중반의 나이인데도 기골이 장대하고 강직한 인상을 풍겼다.

단지 눈매가 거무스름하고 눈빛이 탁한 것이 탐욕스러움이 깃들어 있는 것이 흠이었다.

"결실? 그렇다면 설마 이반이 칠군도독을 매수하기라도 했다는 말이오?"

"전부는 아니지만 그렇소."

배신(背信) 275

"누, 누구요?"

상가루는 적이 당황해서 말까지 더듬었다. 그만큼 충격적이라는 뜻이다.

반면에 기개세는 차분했다.

"칠군도독 중 세 명이오. 하지만 나머지 네 명도 매수되는 것은 시간문제라고 생각하오."

"음……."

상가루의 얼굴이 보기 싫게 일그러지고 분노를 참느라 붉게 물들었다.

"이반은 그들에게 칠군도독의 유임(留任)을 제안했소. 더 할 나위 없는 최상의 제안이오. 거기에 넘어가지 않으면 오히려 이상한 일이오. 물론 당신을 제거하고 나면 그들 역시 헌신짝처럼 버려지겠지만."

"쓰레기 같은 놈들!"

상가루는 오만상을 찌푸리면서 씹어뱉듯이 뇌까렸으나 어딘가 공허하게 들렸다.

그도 그럴 것이, 만약 이반이 상가루에게도 칠군대도독의 자리를 유임해 주겠다는 제안을 한다면 그 역시 두말 않고 받아들였을 것이다.

그는 뒤에 서 있는 승상과 상서를 약간 불안한 표정으로 힐끗 쳐다보았다. 그들 역시 뜻밖의 사실에 적이 당황하는 표정이었다.
 만약 울제국의 병권과 군사를 장악하고 있는 칠군도독 일곱 명이 전부 이반에게 매수를 당한다면 상가루가 꾸미고 있는 반역은 무조건 실패다.
 아니, 시도조차 해볼 수가 없다. 군사도 없이 무슨 반역을 꾀한다는 말인가.
 그러나 기개세는 상가루에게 거짓말을 하지 않았다. 방금 그가 말한 내용은 칠군도독을 감시하고 있는 천라대가 오늘 알아낸 사실이다.
 정보망이라면 상가루에게도 있을 것이다. 그러므로 그것이 사실이라는 것을 알아내는 데에는 그리 오래 걸리지 않을 터이다.
 잠시 침묵이 흘렀다. 기개세는 그것에 대한 계획을 미리 세워왔지만 일부러 뜸을 들였다.
 병이 깊어져야 약발이 잘 받듯이 고민을 깊고 오래 해야지만 말이 제대로 먹히는 법이다.
 기개세 앞에서는 의연하려고 애쓰던 상가루는 오만상을 쓰면서 고개를 숙인 채 이따금씩 신음 소리를 끙! 끙! 내며 고민에 빠졌다.
 지금은 호기가 먹힐 때가 아니다. 반역이 무산되면 줄초상이 날 것이다.

배신(背信) 277

반역죄면 칠군도독 일곱 명을 제외한 관리들 전부와 최소한 삼족이 멸문을 당한다.
그렇다면 줄잡아서 수만 명이 형장의 이슬로 사라질 것이 분명하다.
그러한 절체절명의 판국에 상가루가 부질없는 호기를 부릴 자리가 아닌 것이다.
"내게 한 가지 계획이 있기는 한데……."
문득 기개세는 말을 꺼냈다가 말끝을 흐리고 나서 상가루의 반응을 살폈다.
"그게 무엇이오?"
체면이고 나발이고 다 벗어던진 상가루는 고개를 번쩍 들고 다급히 물었다.
반면에 기개세는 한없이 느긋했다.
"이반에게서 칠군도독을 다시 되찾아주면 어떻겠소?"
"그… 럴 수가 있소?"
상가루는 불신 어린 표정으로 되물었다.
그는 진운상과 유정에게서 기개세가 천하제일의 거부라는 말을 이미 들은 터다.
그러나 아무리 천하제일거부라고 해도 울황제 이반의 매수로 넘어갔거나 넘어가기 직전의 칠군도독을 되찾아온다는 것은 얼토당토않은 소리다.

그걸 알고 있으면서도 상가루는 기개세를 빤히 쳐다보았다. 그리고 그의 입에서 할 수 있다는 말이 나오기만을 간절히 기대했다.

기개세는 고개를 끄덕였다.

"할 수 있소."

"오……!"

상가루의 입에서 절로 탄성이 흘러나왔다.

"어… 떻게 할 수 있소?"

기개세는 태연자약했다.

"할 수 있소."

그는 지나친 과장도 하지 않고 자신만만한 모습도 보이지 않았다.

그러나 오히려 그것이 상가루에게 믿음을 주었다. 아니, 물에 빠진 그에게 지푸라기가 되어주었다. 기개세가 과장된 말이나 몸짓을 보였다면 상가루는 미심쩍은 기분이 들었을 것이다.

상가루는 갑자기 일어나더니 두 손으로 탁자를 짚고 고개를 깊이 숙였다.

"그럼 부디 그렇게 해주시오. 부탁하오."

"무엇이 되고 싶소?"

동문서답에 느닷없는 질문이다.

"그야… 황제가…….."

대답하는 상가루의 두 눈에 욕심이 스멀거렸다.

"중원의 황제를 제외하고 당신이 되고 싶은 것을 무엇이든 말해보시오."

"……."

원래 욕심이라는 것은 탐욕을 부르고, 탐욕은 과대망상을 일으키는 법이다.

처음에 상가루는 칠군대도독에서 쫓겨나게 되는 것만을 막고 싶어했다.

그런데 난데없이 진운상과 유정이라는 기대하지도 않았던 묵주가 나타나서 막대한 자금을 대주자 슬그머니 역심(逆心)을 품게 되었다.

그래서 칠군대도독 자리에서 쫓겨나지만 않으려던 소망이 아주 자연스럽게 울황제의 자리에 오르고 싶다는 야망으로 변한 것이다.

그런데 조금 전에 칠군도독들이 배신을 했다는 말을 듣고는 그저 목숨만 보존할 수 있게 되기를 바라는 소박한 소망으로 추락했다.

그랬던 것이 기개세가 칠군도독을 되찾아주겠다는 말을 하자 채 다섯 호흡도 지나기 전에 또다시 율황제가 되고 싶다는 야망이 심중에서 들썩거리고 있는 것이다.

상가루는 기개세를 똑바로 쳐다보았다.

기개세는 처음이나 지금이나 표정의 변화가 없이 그저 담담할 뿐이다.

하지만 상가루는 기개세의 표정과 눈빛에서 부드러운 중에 완강함을 발견했다.

그래서 자신의 욕심이 그에게는 결코 통하지 않을 것이라는 사실을 깨달았다.

"내게 무엇을 해줄 수 있소?"

그의 조심스러운 물음에 기개세는 긴 손가락 하나를 세워 보였다.

"울황제를 빼곤 무엇이든."

그 말에 상가루의 야망이 또다시 일렁거렸다. 그는 포기가 빠른 사람이다.

하지만 마음속 깊은 곳에 있는 욕망이라는 쇳덩이가 쉽사리 달구어지는 사람이기도 하다.

그는 열 호흡쯤 지난 후에 조심스럽게 입을 열었다.

"황제가 되고 싶소."

기개세는 고개를 끄덕였다.

"서장의 황제 말이오?"

그가 자신의 심중을 정확하게 간파하자 상가루는 움찔 가볍게 표정이 변했다.

그는 원래 기개세가 비범한 인물이라고 생각했으나 이제는 자신의 예상보다 더 대단한 인물이라는 사실을 새삼스럽게 깨달았다.

상가루는 황제가 되고 싶다는 야망을 쉽사리 접지 않았다. 접고 싶지 않았다. 그래서 궁리 끝에 서장의 황제가 되고 싶다는 결정을 내린 것이다.

궁리를 해보니까 물 설고 말 설은 이국땅에서 황제가 되는 것보다 고향인 서장에서 황제가 되는 편이 훨씬 더 낫겠다는 생각이 들었다.

서장에는 삼황사벌이 있다. 그중에서 북신벌의 북신천황 율가특이 삼황사벌을 통일시켜서 서장 사장 최초의 국가인 울황국을 이룩했다.

그렇지만 울황국의 전 세력은 고스란히 중원으로 이동을 해서 중원 천하에 울제국을 세웠다.

다시 말해서 현재 서장은 비어 있다는 뜻이다. 삼황사벌도 없으며, 울제국의 세력도 미치지 않는 예전처럼 불모와 미지가 혼재된, 그러나 기회가 있는 땅이 돼버린 것이다.

그래서 상가루는 고향인 서장에 나라를 세워 자신이 초대 황제가 되겠다는 생각을 한 것이다.

상가루는 힘껏 고개를 끄덕였다.

"그렇소."

기개세는 엷은 미소를 지었다.
"그렇게 하시오."
상가루는 의자를 앞으로 바짝 당기고 상체를 더욱 꼿꼿하게 세우고는 기개세에게 물었다.
"내가 어떻게 하면 되겠소?"
기개세는 손가락 두 개를 세워 보였다.
"승승대계(勝勝大計)요."
"승승대계?"
상가루는 어리둥절한 표정을 지었다. 하지만 뭔가 좋은 계획일 것 같다는 생각이 들었다.
기개세는 빙그레 여유있는 미소를 지었다.
"나도 이기고 당신도 이기는 계획이오."
상가루는 알 듯 모를 듯한 표정을 지었다.
"좀 더 자세히 설명해 주시오."
"나와 당신이 합세하여 울제국을 굴복시킨 후에 나는 중원에 나라를 세우고, 당신은 서장에서 나라를 각각 세우는 것이오."
상가루는 물론 승상과 상서의 눈이 휘둥그렇게 떠지며 얼굴에 놀라움이 떠올랐다.
"당신은… 황제가 되려는 것이오?"
기개세의 말은 그런 오해를 불러일으키기에 충분했다.

"나는 나라를 되찾으려는 것뿐이오."

"음… 그렇구려."

한인이 울제국을 내쫓고 한인의 나라를 세우려고 하는 것은 당연한 일이다.

상가루는 중원 천하 제일거부인 기개세가 서장인에게 빼앗긴 나라를 되찾으려는 것으로 생각했다.

"한 번의 공격으로 이반과 울제국을 일패도지시켜야 하오. 기회는 한 번뿐이오."

기개세의 말에 상가루는 조금 미심쩍은 표정을 지었다.

"그런데 두 가지 문제가 있소."

"무엇이오?"

"울고수와 한민군이오."

그것은 기개세도 생각하고 있던 바다. 칠군도독부의 수장인 칠군대도독 상가루는 백삼십만 울군사를 장악하고 있을 뿐이지 울고수는 아니다.

"한민군은 칠군도독부가 관할하고 있는 것으로 알고 있소만, 그게 아니었소?"

기개세의 물음에 상가루는 씁쓸한 표정을 지었다.

"표면적으로만 그렇소. 하지만 실상은 이반이 직접 관할하고 있다는 소문이오. 더구나 울고수들을 파견해서 그들로 하여금 한민군을 훈련시키고 있다 하오."

이반은 황제 천상황에 등극하자마자 몇 가지 계획을 단행했는데, 그중 하나가 한족을 강제로 징병하여 군사로 만들려는 것이었다.

그것이 바로 한민군이며 얼마 전까지만 해도 그 수가 무려 백오십여 만에 달했다.

천라대의 조사에 의하면 한민군을 관할하는 것이 칠군도독부라고 했다.

그래서 기개세는 칠군도독이나 칠군대도독을 포섭하면 한민군도 자연히 해결될 것이라고 생각했던 것이다.

그런데 한민군이 이반의 직속이라고 한다. 더구나 울고수들이 강훈련을 시키고 있다면 울군사를 능가하는 강군이 되는 것은 명약관화한 사실이다.

여태껏 느긋한 태도를 일관하던 기개세의 표정이 처음으로 굳어졌다.

하지만 그는 곧 차분한 모습을 되찾고 입을 열었다.

"현재 한민군의 수는 얼마나 되오?"

상가루는 고개를 갸웃거리며 생각하는 표정을 지었다.

"내가 알기로는 약 이백만쯤 되는 것 같소."

한민군이 강제로 징집된 지 어느덧 다섯 달이 지나고 있는 시점이다.

한민군 각자를 고수로 만드는 게 아니고 군사를 만들 계획이라면 다섯 달의 훈련으로 충분하다.

그 말은 곧 언제 어느 때라도 이반이 한민군을 발동할 수 있다는 뜻이다.

칠군도독부의 통제하에 있다고만 생각했던 한민군이 이제는 가장 큰 문제점으로 대두되고 있다.

무려 이백만의 한민군이다. 어쩌면 그들은 울군사 백삼십만보다 더 큰 위력을 발휘할지도 모른다.

좌중에는 무거운 침묵이 흘렀다. 한민군으로 인해서 상가루의 반역 자체가 무산될 수도 있는 상황이라서 어느 누구라도 쉽사리 입을 열지 못했다.

이윽고 침묵을 깨며 기개세가 입을 열었다.

"울고수는 어떻소?"

또 하나의 문제인 울고수을 거론했다.

상가루는 주먹을 입에 대고 헛기침을 하고 나서 무거운 어조로 대답했다.

"울고수는 모두 이반의 직속에 있소."

그는 이미 식어버린 차가 담긴 찻잔을 만지작거렸다.

"울고수 중에 최고 수준은 울전대인데, 그들이 어떤 존재냐 하면……"

"알고 있소."

기개세가 말을 자르자 상가루는 의외라는 표정을 지었다

가 다시 말을 이었다.

"최강인 울전대 아래에는 신삼별조가 있는데… 그들에 대해서도 알고 있소?"

기개세는 대답하지 않고 가볍게 고개만 끄덕였다.

상가루는 의혹이 들었으나 지금은 의문을 풀 때가 아니라서 계속 설명했다.

"울고수는 그동안 천검신문과의 싸움에서 수십만이 죽었으나 삼황사벌에서 다시 보충을 받아 현재는 육십만이오. 그중 울전대를 호위하는 울황호위총부 오만 명은 별동대로 현재 중군에 머물고 있소."

그는 잠시 뜸을 들였다가 말을 이었다.

"우린 울고수 육십만에 대해서 이미 조사가 끝났소. 원래 그들 대다수는 대명국과의 접경 지역에 배치되어 있었는데, 이반이 황제에 등극하면서 이십만 명만 그곳에 놔두고 나머지는 모두 북경성 근처로 불러들였소."

그 대목에서 상가루는 얼굴을 조금 찌푸렸다.

"북경성 인근에는 그들이 머물 만한 장소가 없기 때문에 현재 백오십여 리에서 이백여 리 거리에 주둔하고 있소. 그들이 출발하여 북경성까지 오는 데에는 아무리 늦게 잡아도 한나절이오."

그는 헛기침을 한 번 하고 허리를 쭉 폈다.

"칠군도독부의 삼군, 즉 전군(前軍)과 후군(後軍), 중군(中軍)이 북경성 남북과 동쪽에 주둔하고 있소. 그중에서 중군이 북경성 밖 홍교 인근에 주둔하고 있으며 거리는 불과 이십여 리요."

그는 자신의 계획을 말하기 전에 의기양양한 표정부터 지어 보였다.

"내일 밤 자정을 기해서 제일 먼저 중군이 북경성에 입성하여 자금성을 급습할 것이오."

그는 어떠냐는 듯 기개세를 쳐다보았다. 그러나 그가 별다른 반응이 없자 다시 말을 이었다.

"금의위태장과 황궁시위대장이 내 수하외다. 그들이 자금성 전문과 후문을 열어줄 것이며, 중군이 진입하기 전에 자금성 내의 잡다한 것들을 다 처리해 줄 것이오."

상가루는 말을 하면서 점점 득의한 표정을 지었다.

"중군 이십만이 울전대를 묶어두고 있는 동안 금의위와 황궁시위대가 이반을 죽일 것이오."

입 안이 마르는지 그는 식은 차를 벌컥벌컥 마셨다.

"그사이에 북쪽의 전군 이십만과 남쪽의 후군 이십만이 자금성으로 들이닥칠 것이오. 일이 이쯤 되면 아무리 이반과 울전대라고 해도 어쩔 수 없을 것이오."

괜찮은 계획이다. 아니, 현재로서는 이보다 더 나은 계획이

나올 수가 없었다.

 금의위의 우두머리인 금의위태장과 황궁시위대의 우두머리인 황궁시위대장도 이번 개각에서 물러나야 한다. 그러므로 상가루의 반역에 자연스럽게 동참하게 됐을 것이다.

 중군 이십만이 울전대를 묶어두고 있는 사이에 금의위 오천 명과 황궁시위대 팔천 명이 이반과 추종 세력을 죽인다는 계획은 성공 가능성이 높다.

 제아무리 이반이 초절고수라고 해도 금의위와 황궁시위대 만삼 천 명의 합공에서는 살아나기 어려울 것이다.

 그러나 문제는 이반에게 변수가 없느냐는 것이다. 그는 상가루의 반역 모의를 이미 알고 있었다.

 그런 그가 가만히 앉아 있다가 당할 멍청이는 아니라는 것이다. 뭔가 대책을 세웠을 것이 분명하다.

 "이반은 울고수들을 불러들이려고 연락조차 취하지 못할 것이오. 설사 연락을 한다고 해도 울고수들이 오기 전에 상황은 끝날 것이오."

 상가루는 우쭐한 표정을 지었다. 그는 짧은 계교에는 능해도 깊은 생각은 하지 않는 성격인 듯했다.

 "이반이 죽으면 모든 게 끝이오. 울전대도, 울고수들도 허수아비가 된다는 말이오."

 기개세는 팔짱을 끼고 묵묵히 듣기만 했다.

상가루는 어느덧 기고만장해졌다.
"자금성을 장악한 사람이 중원을 장악하는 것이오. 바로 그 순간에 중원 천하에 있는 모든 살아 있는 것들은 그 사람에게 복속할 수밖에 없소."
그는 마치 자신이 황제가 되기라도 한 것 같은 표정으로 거드름을 피웠다.
자신이 자금성을 장악하고 나면 조금 전에 말했던 서장의 황제가 되겠다는 따위의 약속은 깡그리 잊어주마, 라고 말하는 것 같았다.
"신삼별조는 어떻소?"
그때 기개세가 불쑥 물었다.
그러자 기고만장하던 상가루의 표정이 갑자기 어두워졌다. 그는 씁쓸하게 중얼거렸다.
"그런데 얼마 전부터 신삼별조가 보이지 않는다는 보고가 있소. 우리는 전력을 다해서 그들을 찾고 있는데 아직까지 이렇다 할 성과가 없소."
이어서 그는 자신없는 얼굴로 얼버무렸다.
"어쩌면 신삼별조는 대명국과의 접경 지역에 가 있을지도 모르오. 그쪽이 어수선하기 때문이오."
기개세가 알고 있는 한 근래에 대명국과의 접경 지역이 어수선한 적은 없었다.

그의 생각에 신삼별조는 아마도 이반의 지근거리에서 호위를 하고 있을 것이다.

이반에게는 항세검이 없기 때문에 울전대는 허수아비에 불과한 존재다.

그러므로 자신의 신변 호위를 위해서는 신삼별조를 가까이에 두는 것이 최선이다.

이반이 상가루와 그를 추종하는 반역 무리를 암살하는 것은 좋지 못한 방법이다.

추종 세력이 워낙 많기 때문에 그들을 다 죽일 수도 없을뿐더러, 상가루를 비롯한 윗대가리 몇 명을 죽인다고 하면 그 아래의 추종 세력들이 극도의 불안을 느껴서 죽기를 각오하고 반란을 일으키기 십상이기 때문이다.

그렇게 되면 호미로 막아도 될 일을 가래로 막는 일이 돼버리고 만다.

신삼별조가 최대 변수다. 그들이 이반의 지근거리에서 호위를 하고 있다면 상가루의 반역은 실패로 끝날 것이다.

금의위와 황궁시위대가 만삼천 명이나 된다고 해도 신삼별조를 당해낼 수는 없다.

또한 울전대를 묶는 역할을 하는 중군 이십만이 합세를 해서 이반을 죽이려고 해도 뜻대로 되지 않을 것이다.

신삼별조에게 울군사는 그야말로 오합지졸 같은 존재다.

그렇게 시간이 흐르는 사이에 북경성 외곽에 있는 울고수들이 들이닥치면 그것으로 상가루의 반역은 막을 내릴 수밖에 없게 된다.
 일단 울전대는 무시한다고 쳐도, 상황은 상가루에게 많이 불리한 형국이다.
 설명을 마친 상가루와 승상, 상서는 기개세를 주시하며 그의 반응을 기다렸다.
 이윽고 기개세는 팔짱을 풀면서 빙그레 미소 지었다.
 "아주 좋은 계획이오. 그대로 하면 반드시 성공할 것이오. 무운을 비오."
 초조하던 상가루는 비로소 환한 표정을 지었다.
 "이반을 죽이고 나면 나와 나를 따르는 세력은 군말없이 물러나 서장으로 돌아가겠소."
 열흘 삶은 호박에 이빨도 들어가지 않을 허언이지만 기개세는 고개를 끄덕였다.
 "그렇게 해주면 더할 나위 없겠소."
 기개세는 일어서기 전에 한마디를 남겼다.
 "내일 밤 거사에 필요한 자금과 당신들이 서장에서 기반을 잡을 때까지의 자금 일체는 걱정하지 마시오. 억만금이 되더라도 내가 책임지겠소."
 상가루와 승상, 상서의 얼굴이 함지박처럼 벌어졌다.

*　　*　　*

자금성.

이반은 서운한 표정으로 패가수를 굽어보았다.

"네가 서장으로 돌아가겠다니 섭섭하구나."

패가수는 대전 바닥에 무릎을 꿇은 자세로 고개를 깊이 숙이고 있었다.

이반은 태사의에서 일어나 천천히 패가수를 향해 걸어가며 말했다.

"다시 생각할 수는 없겠느냐? 너는 모르겠지만 나는 너에게 의지를 많이 하고 있었다."

패가수는 가볍게 놀라는 표정으로 고개를 들고 이반을 쳐다보았다. 그가 그런 말을 하다니 뜻밖이었다.

이반은 패가수 앞에 멈춰 서서 짐짓 다정한 목소리로 달래듯이 말했다.

"아버지께서 돌아가시고 내가 황위에 오른 어수선한 이 시기에 너마저 없으면 나는 매우 허전할 것이다."

"형님……."

마음이 여린 패가수는 이반의 말에 가슴이 흔들렸다. 하지만 결심이 흔들릴 정도는 아니다.

"형님도 아시다시피 소제는 심약한 놈입니다. 소제는 그저 고향으로 돌아가서 예전처럼 한가롭게 살고 싶습니다. 부디 윤허하여 주십시오."

평소에 패가수는 이반을 황제로서 대했으나 이별을 고하는 지금은 형으로서 대하고 싶은 마음이다.

이반은 패가수 앞에 한쪽 무릎을 꿇고 앉아 그의 어깨에 손을 얹었다.

"하아, 네 결심이 너무 굳건하구나."

"죄송합니다, 형님."

패가수는 진심 어린 표정으로 고개를 숙였다. 이반은 그에게 못된 짓을 너무도 많이 저질렀으나, 그는 형을 속인다는 사실 때문에 마음이 편하지 않았다.

슥……

이반의 손이 패가수의 머리로 향하더니 그의 머리를 부드럽게 쓰다듬고는 가만히 품에 안았다.

"어쩔 수가 없구나, 아우야."

"형님."

패가수는 가슴이 뭉클해서 이반의 품에 얼굴을 묻었다.

"……!"

그 순간 그는 뒷덜미와 어깨, 옆구리가 한꺼번에 동시에 뜨끔한 것을 느꼈다.

그때 이반이 천천히 일어나 뒷걸음쳐서 물러나며 지금까지와는 다른 목소리로 중얼거렸다.

"나는 누구를 막론하고 배신자를 가장 싫어한다."

"형님……."

패가수는 자신이 이반에게 특수 점혈 수법에 의해서 마혈이 제압됐다는 사실을 깨달았다.

하지만 이반이 무엇 때문에 그랬는지는 알 수가 없다. 패가수가 다나와 함께 서장으로 돌아가서 은거하려는 사실을 이반이 알고 있을 리가 없다.

"소제가 배신이라니… 그럴 리가 있겠습니까?"

패가수는 필경 이반이 오해를 하거나 자신을 떠보려고 이러는 것이라고 생각했다.

그래서 어떻게든 이반이 마혈을 풀어주기를 원했다. 그렇게만 되면 즉시 자금성을 나가서 다나와 함께 떠나 다시는 돌아오지 않을 생각이다.

이반은 패가수에게서 서너 걸음 떨어진 곳에 우뚝 서서 뒷짐을 진 채 차갑게 물었다.

"내 다섯 번째 부인을 만났느냐?"

"……!"

패가수는 심장이 덜컥 멎는 듯한 충격을 받았다. 이반의 다섯 번째 부인이 바로 다나다.

그런데 패가수가 다나를 만났다는 사실을 어떻게 이반이 알고 있다는 말인가. 귀신이 곡할 노릇이다.

평생 거짓말을 한 적이 없는 패가수다. 하지만 그런 성격은 이 자리에서는 좋지 못하다.

"그… 럴 리가 있겠습니까? 소제가 어찌 형님의 부인을 만나겠습니까? 더구나 오부인께선 천검신문 태문주에게 납치당하지 않으셨습니까?"

패가수는 이반의 품에 안겼던 자세 그대로 굳어진 몸으로 눈을 치뜨고 이반을 올려다보며 사력을 다해서 자신의 결백을 주장했다.

이반의 눈빛이 차가워졌다.

"그것이 내가 궁금한 점이다. 천검신문 태문주에게 납치된 다나를 어째서 그가 너에게 보냈느냐는 말이다. 설마 너는 태문주와 내통을 하고 있었느냐?"

"혀… 형님."

패가수는 말문이 막혔다. 이반은 천검신문 태문주가 다나를 패가수에게 보내줬다는 사실까지 알고 있다.

어떻게 알았는지는 모르지만 정확한 사실이다. 이런 상황에서 패가수가 대체 무슨 말을 할 수 있겠는가.

"소제는… 모르는 일입니다……."

그는 단지 그렇게 발뺌을 할 수밖에 없다.

쿵!

"이놈! 네놈이 감히 형인 나를 능멸하느냐?"

이반이 발을 쿵 구르며 나직이 호통을 쳤다. 발이 두툼한 청석 바닥을 뚫고 발목까지 빠졌다.

"형님… 소제는 억울합니다……."

패가수는 자신이 어째서 이반을 보러 자금성에 들어왔는지 후회막급이었다.

남궁산만 보고 그 길로 그냥 떠났으면 이런 일은 없었을 것이 아니겠는가. 그러나 이제 와서 후회한들 무슨 소용이 있겠는가.

다만 북경성 내 객잔에 두고 온 다나가 걱정될 뿐이다. 남궁산이 한시바삐 다나를 찾아내서 안전한 곳에 옮겨줬으면 하는 간절한 바람뿐이다.

그러나 그의 바람이 물거품이 돼버린 것은 그다음 순간이었다.

"산, 그년을 끌고 들어와라."

이반이 패가수를 쏘아보며 차디차게 말했다.

'산… 이라니?'

패가수는 남궁산을 '산'이라고 부른다. 그 이름을 듣는 순간 남궁산의 모습이 떠오른 것은 순전히 우연이었을까?

그때 패가수의 두 눈이 더 이상 커질 수 없을 만큼 한껏 부릅떠졌다.

그리고 그의 시선이 멈춘 곳. 이반이 앉았던 태사의에서 왼쪽 끝 측문으로 남궁산이 들어서고 있었다.

그런데 남궁산에 의해서 팔이 붙잡혀 끌려 들어오고 있는 한 여자가 있었다.

"다… 다나!"

그 여자를 발견하는 순간 패가수는 하늘이 무너지고 땅이 꺼지는 충격을 받았다.

그녀는 바로 패가수의 목숨보다 더 소중한 다나였다.

패가수의 머릿속이 갑자기 텅 비었다. 다나가 왜 여기에 있는 것인지, 일이 어떻게 된 것인지 아무것도 생각할 수가 없었다.

그때 다나가 패가수를 바라보았다. 그녀의 얼굴은 백지장처럼 새하얗게 질려 있었다.

원래 커다랗고 아름다운 두 눈은 지금 더 커져서 공포가 일렁였으며, 패가수를 보는 순간 억눌렸던 눈물을 쏟아내기 시작했다.

"패가수님!"

순간 그녀는 남궁산의 팔을 뿌리치고 절규하듯이 외치면서 패가수를 향해 달려갔다.

그러나 다음 순간 다나의 두 다리가 허공을 휘저었다. 달리고는 있는데 허공을 달리는 것이다.

그녀의 몸이 바닥에서 허공으로 점점 떠올라서 일 장 높이에 이르렀다.

패가수는 눈동자를 굴려 재빨리 이반을 쳐다보았다.

이반은 다나를 향해 손을 뻗어 허공을 향하고 있었다. 그가 허공섭물의 수법으로 다나를 허공으로 띄운 것이다.

그의 입가에는 섬뜩한 엷은 미소가 머금어져 있었다. 명백한 살기다. 그러더니 한순간 손을 한쪽 방향을 향해 내던지듯이 그었다.

휘익!

퍽!

"악!"

다나는 대전의 한쪽을 향해 일직선으로 쏘아가서 벽에 모질게 부딪쳤다가 바닥에 떨어졌다.

"다나—!"

패가수는 피를 토하듯이 처절하게 울부짖었다. 그는 자신의 몸이 산산조각 분해되는 듯한 고통을 느꼈다.

그러나 다나는 죽지도 혼절하지도 않았다. 원래 간절한 목숨은 질긴 법이다. 그녀는 벽을 짚고 꿈틀대다가 비틀거리면서 간신히 일어섰다.

그녀의 머리가 깨졌는지 흘러내린 피가 얼굴을 새빨갛게

물들였다.
 또한 왼팔이 부러졌는지 축 늘어뜨렸으며 한쪽 다리를 제대로 바닥에 딛지 못했다. 그녀는 그런 몸으로 패가수를 향해 걸어가기 시작했다.
 "패가수님……."
 부러진 것 같은 한쪽 다리를 질질 끌면서, 그리고 얼굴에서는 피를 뚝뚝 흘리며 그녀는 안타까운 표정으로 패가수를 향해 다가갔다.
 그것은 마치 죽어도 그의 곁에 있기만 하면 행복하다는 듯한 몸짓이었다.
 "다나……."
 패가수는 가슴이 갈가리 찢어지는 듯한 심정으로 그녀를 바라기만 할 뿐 아무런 도움도 줄 수가 없었다.
 털썩!
 "아……."
 그러나 다나는 몇 걸음을 걷지도 못하고 쓰러졌다. 그리고는 엉금엉금 기기 시작했다.
 그녀가 기는 속도는 매우 느렸고, 지나간 자리에는 선명한 핏자국이 길게 이어졌다.
 "거기에서 멈춰라. 더 가면 죽이겠다."
 그때 이반이 나직이 중얼거렸다. 그의 목소리에는 울분과

참담함이 뒤섞여 있었다.

그런데도 다나는 멈추지 않았다. 그녀의 행동은 죽더라도 패가수 옆에서 죽겠다는 것을 의미하는 듯했다. 지금 그녀의 눈에는 패가수 한 사람밖에 보이지 않았다.

이반은 다나를 사랑한다. 사실은 패가수가 그녀를 사랑하기도 전에 그가 먼저 그녀를 사랑했었다.

그러나 다나는 거친 성격의 이반보다는 부드럽고 자상한 패가수를 선택했다.

그런 사실을 패가수는 지금도 모르고 있다. 다나가 이반의 구애를 거절했다는 것도, 그로 인해서 이반이 분노했었다는 사실도 말이다.

"다나! 못 들었느냐? 더 가면 죽이겠다!"

그래도 다나는 멈추지 않았다. 그녀가 진정으로 두려워하는 것은 패가수와 헤어지는 것이기 때문이다.

죽더라도 패가수의 품속에서 죽을 수 있다면 그것이야말로 그녀가 원하는 진정한 행복이다.

'이익!'

이반의 얼굴이 보기 싫게 일그러졌다. 그는 손을 들어 올렸으나 다나에게 살수를 펼치지는 못했다.

그런데 무슨 생각에선지 그의 입가에 한 줄기 잔인한 미소가 떠올랐다.

"더 이상 가면 패가수를 죽이겠다."

그러자 거짓말처럼 다나의 움직임이 뚝 멈췄다. 그녀는 패가수와 일 장 정도 남겨둔 곳에서 눈물을 흘리며 안타깝게 그를 바라보았다.

머리에서 흐른 피를 뒤집어쓴 얼굴은 온통 새빨갛게 물들었는데, 두 눈에서 흐르는 눈물이 눈에서 턱까지 두 줄기 하얀 길을 만들었다.

그녀는 가슴이 미어지는 듯 안타깝게 패가수를 바라보며 폭포처럼 눈물을 쏟아냈다.

자신이 죽는 것은 상관이 없으나 패가수가 죽는 것은 원하지 않는 그녀다.

그런 마음을 읽은 패가수는 다나에 대한 사랑과 애틋함이 뒤섞여 눈이 붉게 충혈되었다.

그러나 반면에 이반은 지독한 모멸감과 질투심으로 두 눈이 번들거렸다.

"산, 저년을 끌고 가라."

이반은 이를 악물고 나직이 명령했다.

남궁산은 다나를 향해 성큼성큼 걸어갔다. 그러자면 패가수를 쳐다볼 수밖에 없다.

그는 패가수에게서 시선을 외면하지 않고 오히려 똑바로 쳐다보았다.

얼마 전까지만 해도 그는 패가수를 위해서 목숨까지 버릴 수 있다고 생각했었다. 그것은 진심이었다.

하지만 패가수가 사랑하는 여자와 함께 떠나겠다는 말을 했을 때 남궁산은 자신과 그와의 관계가 그것으로 끝났다는 것을 알았다.

그리고 배를 갈아타야겠다고 결심했다. 작은 배에서 큰 배로 갈아타는 것이다.

작은 배는 위태로웠었다. 하지만 큰 배는 풍랑에도 끄떡없이 그를 목적지까지 데려다줄 것이다.

결심을 하는 것이 어려운 일이지 그것을 실행에 옮기는 것은 생각보다 훨씬 쉬웠다.

남궁산은 감성이 풍부하고 신의가 깊은 인물이다. 하지만 복수와 남궁세가의 부활이라는 명제 앞에서는 신의 따윈 언제든지 버릴 수 있는 마음의 준비가 되어 있었다. 신의란 길거리의 개도 물어가지 않을 것이다.

그는 패가수가 자금성에 이반을 만나러 간다고 떠난 직후에 수하들을 풀어 북경성 내의 객잔들을 샅샅이 뒤졌고 어렵지 않게 다나를 찾아냈었다.

그리고는 패가수보다 한발 앞서 이반을 만나 다나를 넘겨 주었다.

남궁산은 패가수를 배신했다. 배신한 이상 우물쭈물하는

것은 그의 성미에 맞지 않는다.
 그래서 그는 당당하게 패가수를 똑바로 쳐다보면서 걸어가 다나 앞에 멈추었다.
 "산, 너……."
 패가수는 거기까지만 말하고는 입을 다물었다. 더 이상 말하는 것은 자신을 더 비참하게 만들 것이기 때문이다.
 다만 깊이를 알 수 없는 무저갱 속으로 한없이 추락하는 배신감을 맛볼 뿐이다.
 적이라고 여긴 천검신문 태문주에게는 두 번씩이나 큰 은혜를 입었다.
 그런데 핏줄처럼 아끼고 믿었던 남궁산에게는 가장 중요한 순간에 배신을 당했다.
 패가수는 자신이 인생을 헛살았음을 절실하게 깨달았다. 이제는 끝장이다.
 다만 한 가지 마지막 바람이 있다면, 다나가 더 이상 고통을 당하지 않고 행복하게 되는 것이다. 그럴 수만 있다면 그는 웃으면서 죽을 수 있다.
 문득 남궁산을 바라보는 패가수의 눈빛이 증오에서 다른 것으로 변했다.
 놀랍게도 측은함이고 불쌍함이다. 이런 상황에서 그는 남궁산을 측은하게 여기고 있는 것이다.

패가수의 눈빛을 접한 남궁산은 움찔했다. 그러나 그는 패가수가 왜 그런 눈빛을 보이는 것인지 알지 못했다.

그러므로 이 짧은 순간에 패가수가 생사를 초월하여 마치 득도한 노승 같은 마음이 됐다는 사실은 더더욱 깨닫지 못했다.

얄궂게도, 인생의 가장 최악의 상황에 처하게 된 패가수는 이 순간 인생 최고조의 평온함을 느꼈다.

모든 것을 버리고 체념하니까 전혀 새로운 것. 그러나 버린 것들하고는 비교도 되지 않을 정도로 크나큰 깨달음을 얻은 것이다.

패가수는 남궁산이 다나에게서 항세검을 뺏었을 것이라고 짐작했다.

그렇지만 남궁산이 항세검을 이반에게 주지 않았다는 사실도 짐작할 수 있었다.

그러나 그는 남궁산이 항세검으로 무슨 짓을 하려는 것인지에 대해서는 궁금하지 않았다.

모든 것을 체념한 이 순간에도 그는 다나가 행복하기만을 바라고 있기 때문이다.

그가 보는 앞에서 남궁산은 다나의 팔을 움켜잡고 질질 끌며 원래의 자리로 돌아갔다.

그리고 그 직후에 이반의 명령이 떨어졌다.

"저놈의 무공을 폐지시키고 철뇌옥(鐵牢獄)에 가둬라!"

              *   *   *

술시(밤8시) 무렵.

북경성에서 서쪽으로 삼십여 리의 영정하 중류에 위치한 완평현(宛平縣) 외곽의 야산.

울창한 잡목 숲속에 기개세와 아미, 그리고 독고비가 서 있고, 세 사람 앞에는 오백오십 명의 천검오십전단이 도열해 있다.

기개세는 천검오십전단을 천천히 둘러본 후에 엷은 미소를 지으며 심어를 그들의 머리로 전했다.

[모두들 오느라 수고했다.]

천검오십전단의 맨 앞줄에서 유난히 반가운 표정을 지으며 기개세의 얼굴에서 눈을 떼지 못하는 사람이 있었다.

그는, 아니, 그녀는 바로 나운상이었다. 그녀는 천검오십전단의 전신인 사무영대 중에 중무영대의 대주이니 당연히 천검오십전단의 일원으로서 이곳에 온 것이다.

무려 다섯 달 넘게 기개세를 보지 못한 나운상은 눈을 깜빡이는 순간조차 아까운 듯 반가움이 가득한 표정으로 그를 바라보았다.

그렇지만 기개세는 그녀에게 특별히 눈길을 준다거나 개인적인 반가움을 표시하지 않아서 나운상은 그것이 조금 서운했다.

[이곳에서 잠시 휴식을 취하고 북경성으로 이동한다.]

기개세는 근처의 나무그루터기에 앉아서 말을 이었다.

[모두들 편히 앉아서 요기를 해라.]

그러자 기개세 뒤편에 대기하고 있던 천라대 고수들이 갖고 온 만두와 삶은 돼지고기 등을 천검오십전단에게 골고루 나누어주었다.

천검오십전단 오백오십 명은 그 자리에 주저앉아 요기를 하면서 기개세의 말에 귀를 기울였다.

[오늘 밤 자정에 반란군이 자금성을 급습할 것이다. 너희들은 자금성에 잠입하여 요소요소에 은신한 채 사태를 지켜보다가 내 명령에 따라서 움직인다.]

기개세는 될 수 있는 한 상가루의 반란에는 개입하지 않을 생각이다.

다만 이반에게 매수된 칠군도독 중 세 명을 잘 이용해 볼 계획이다.

기개세는 그들 세 명의 도독이 말을 듣지 않을 것이라고는 생각하지 않았다.

그들이 제대로 움직여 준다면 최후의 승자는 이반도, 상가루도 아닌, 기개세가 될 것이다.

그는 여전히 자신을 빤히 주시하면서 애타는 표정을 짓고 있는 나운상을 보며 미소를 지으면서 고개를 끄덕였다.

"이리 오너라, 상아."

그러자 나운상은 기다렸다는 듯이 쏜살같이 달려와 그의 품으로 뛰어들었다.

너무 반가워서 가슴이 터질 것 같은데도 이상하게 눈물이 왈칵 쏟아졌다.

『대사부』 제14권에 계속…

저작권 보호!!
장르문학의 성장에 힘이 되어주십시오.

저작물의 무단 전재와 복제, 불법 다운로드!
이것은 관심이 아니라 무관심입니다!

작가님들은 창의적 열정과 시간을 투자해 자신의 꿈과 생계를 유지합니다.
한 권의 책을 만들어 많은 사람들은 자신의 인생과 미래를 설계합니다.

저작물 속에는 여러 사람의 노력과 희망이 담겨 있습니다!

저작물의 무단 전재와 복제, 불법 다운로드는 여러 사람들의 꿈과 생계를
위협함으로써 장르문학을 심각한 상황에 빠뜨리고 있습니다.

이제는 무관심이 아니라 관심으로 장르문학의
성장에 힘이 되어주세요.

[도서출판 **청어람**은 항시적인 저작권 보호를 통해 장르문학과
여러분의 희망을 지키겠습니다.]

저작물의 무단 전재와 복제, 불법 다운로드는 법률에 의해 처벌받을 수 있습니다.
저작권법 제97조의5 (권리의 침해죄)
저작재산권 그 밖의 이 법에 의하여 보호되는 재산적 권리(제73조의 4의 규정에 의한 권리를
제외한다)를 복제·공연·방송·전시·전송·배포·2차적 저작물 작성의 방법으로 침해한
자는 5년 이하의 징역 또는 5천만 원 이하의 벌금에 처하거나 이를 병과(동시에 두 가지 이상의
형벌을 지우는 일)할 수 있다.

마도(魔道). 난폭하지만 자유로운 하늘.
협객(俠客). 약자를 지키고, 정의를 위해 싸우는 자.

마인(魔人)이면서 마인을 사냥하는 자.
마인으로서 마인을 지키는 자.
그리고… 마인이면서 협(俠)을 지키는 자.

마군지병(魔君之兵) 육마겸(六魔鎌)을 소유.
구룡성(九龍城) 오마(五魔) 중 살마(殺魔)의 후예.
진마(眞魔) 육영마군(六影魔君) 무진!

독보적인 마도협객의 대서사시!

WWW.chungeoram.com
Book Publishing CHUNGEORAM

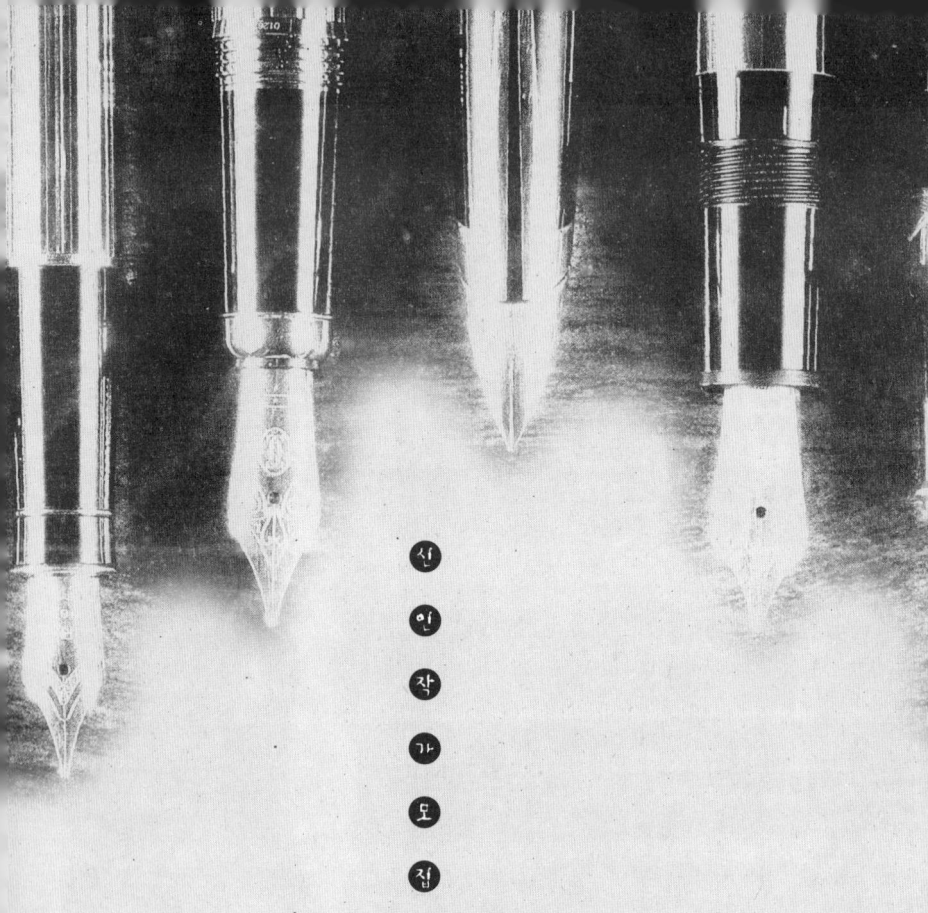

**문피아 연재 시 화제를 불러일으켰던 바로 그 작품!
비장미로 감싼 전율적인 마도의 영웅 서사!**

화산을 불태우고 무당을 짓밟았노라.
소림을 멸문시키고 대정(大正)의 뿌리를 멸종시켰노라.
강호는 이런 나를 잔인하다고 말하지 말라.
참된 용사는 마인으로 배척되고
위정자가 영웅이 되는 세상이라면,
나는 아귀의 심정으로 칼을 들어 이 세상을 열 번도 더 파멸시키겠노라.

**아비의 혼을 가슴에 품고 무너진 마도의 뜻을 바로 세우기 위해
훗날 위대한 마도의 종사가 될 무인이 일어선다!**

마도종사 능비, 그의 전설에 주목하라!

Book Publishing CHUNGEORAM

화마경
火魔經

허담 新무협 판타지 소설

대호산의 다섯 산적이 자칭 천하제일인을 만난다.

피노 마효(魔梟)!
그는 정말 천하제일인이었을까?
그의 화마경은 정말 천하제일무경일까?

인간의 마음속에 억압된 자아를 끌어내는 자(者)의 무공!
그 화마경의 세계로 다섯 산적이 뛰어든다.

"본래 사람 사는 세상이 화마의 세계인 거다."

유행이 아닌 자유추구 -
WWW.chungeoram.com
Book Publishing CHUNGEORAM